L'esprit des vents

François Simon

L'esprit des vents

roman

PLON
www.plon.fr

Ouvrage publié sous la direction
de Florence Sultan

12, avenue d'Italie
75013 Paris
Tél. : 01 44 16 09 00
Fax : 01 44 16 09 01
www.plon.fr
www.lisez.com

Mise en pages : Graphic Hainaut
Dépôt légal : août 2019
ISBN : 978-2-259-27854-6

À Kazuko Masui
et Laurent Bonelli

Qingdao

Tateru est né ici, un beau jour de l'été 1938. Sur l'île de Qingdao, à l'est de la Chine. Il n'y a pas plus petit que l'île de Qingdao. D'ailleurs, on l'appelle la petite Qingdao. *Qingdao*, en chinois, cela veut dire «l'île pure». Mais on se trompe. Qingdao n'a jamais été une île. On la nomme ainsi parce que c'était un océan. Un océan de verdure sur un littoral sec.

Sur l'île, pointe un phare annelé avec un abdomen rouge vif. Deux, trois bâtisses, des taillis, des arbres en bosquets. L'île attend. Elle se tapit aux avant-postes du continent. Elle est le témoin d'un océan qui cesse enfin sa course. Il lui offre ses derniers sursauts, puis il renonce, éructe quelques jurons, siffle et mord. Il fait terre.

L'île est comme un animal effrayé par ce remue-ménage. Elle en a trop vu. Elle voudrait disparaître, s'effacer sous le pinceau. Alors, elle file sur le jour comme une paume caressante. Elle vaque.

Le regard suit cette femme habillée de noir. Un léger vent joue avec ses cheveux. Elle lève la main pour les rassembler. Il n'y a aucune certitude. La vie a goût de sel, de soleil, de lumière. Tout y est immense. L'horizon ne peut même pas rentrer dans la tête. Il élargit les tempes.

Ses parents mirent quelques jours à lui trouver un prénom digne de leur amour. Tous deux avaient bataillé ferme pour bâtir leur couple, s'émanciper de leur famille. Ils savaient que toujours il leur faudrait se battre, résister. Alors, ils choisirent un prénom qui les enchanta dès qu'il naquit sur leurs lèvres.

Tateru.

Ils se regardèrent avec un intense amour et une curieuse impression les saisit. Celle que leur fils les avait désignés. Eux. Eux pour venir, respirer ici entre leurs bras.

Tateru en japonais, cela veut dire « construire ».

Le père de Tateru s'occupe du phare depuis qu'une chaudière inconstante lui a sauté au visage. Il était alors mécanicien en second dans la marine nationale japonaise. C'est à se demander comment on le reconstitua. On le retrouva déchiqueté, la tête comme ouverte, les bras et l'abdomen à vif. Les chirurgiens militaires firent des miracles. Son visage devint unique. Il offre aujourd'hui un mélange bancal de drôlerie et de gravité. Chaque œil a sa propre vie, chose que l'on oublie habituellement. Chez lui, l'un a un côté rieur, enchanté, tandis que l'autre se livre à ses pensées avec une lointaine philosophie, un renoncement las. On pourrait passer des heures à regarder son visage tant il superpose les humeurs. Comme on regarde un feu de cheminée. Mais personne n'osait jamais. C'était bien dommage.

On lui dénicha cette affectation : gardien du phare de Qingdao. En fait, c'est le phare qui devait le garder toute la fin de sa vie. Il entend mal, a des absences. Il parle si peu. Il a cependant préservé un rire neuf, abrupt. Explosif, en quelque sorte.

Il se garda bien de le faire tonner lorsqu'il remplaça le gardien chinois. C'était un moment dont il ne voulait parler. Pourquoi d'ailleurs revenir là-dessus. Il n'y avait rien de glorieux. Cela appartenait à ces instants dont on ne sait pas s'ils vous font ou vous défont.

C'est en tenant fermement sa femme enceinte par le bras que le père de Tateru débarqua du canot sur cet invraisemblable îlot, encore sérieusement secoué par son accident. Ils étaient accompagnés de jeunes et robustes soldats de l'armée impériale. Le gardien chinois n'eut pas le temps de se défendre que déjà son manteau noir se tachait de sang, son visage de stupéfaction. Il avait vu, incrédule, la baïonnette jaillir sous le soleil. Les deux hommes restèrent ainsi face à face quelques secondes, le temps de comprendre que le monde était en guerre. Désormais, tout allait fonctionner autrement.

Pour la seconde fois depuis le début du siècle, l'armée japonaise débarquait en Chine. Le traité de Versailles leur avait déjà accordé ce port. Ils en avaient été chassés en 1922. Ils étaient de retour. Il faudrait parfois demander à l'Histoire pourquoi elle n'a de cesse de hanter les mêmes lieux, de rejouer les mêmes malentendus. Comme si elle revenait enfouir de mauvais souvenirs. Rôder.

Les poser plus profond encore. Comme si elle voulait comprendre. S'entêter.

Tateru naquit quelques mois plus tard par une nuit venteuse. Selon la coutume, on laissa la maison, fenêtres et portes grandes ouvertes. Sa mère aime lui raconter son visage ahuri, son crâne si grand. « On n'avait pas l'impression, lui dit-elle, que cette terre t'était étrangère, comme si tu avais déjà tes repères. Tes yeux avaient cette même tranquillité que je vois en eux aujourd'hui. Mais ce qui m'a impressionnée, ce furent les toutes premières secondes... Ton nez ! Il frémissait, se plissait... Il cherchait l'air, se hissait presque sur ton visage. On aurait dit une voile de bateau que l'on montait le long du mât. Tu étais comme un chat qui fouine. Tu humais, ton nez explorait tout, recherchait comme un appui : l'air, les souffles. Quand tu les as trouvés, alors il nous a semblé que, pour toi, tout était en place, tu pouvais vivre. J'essayais de rentrer dans ton champ de vision, mais je n'existais pas encore.

« Tu étais déjà ailleurs, pour tout te dire, j'ai ressenti que je te perdais, je ne t'ai bien connu que lorsque tu étais dans mon ventre. L'atmosphère t'a emporté. Elle m'a repris ce que je lui avais subtilisé. »

Les arbres sont les premiers compagnons de jeu de Tateru. Ils grandissent avec lui. Il peut traverser toute l'île de branche en branche sans toucher le sol. Il adore ramasser les œufs des oiseaux pour les manger tout crus. Son premier souvenir est intact. C'est son père. Il le voit en train de le gronder, au pied de l'arbre. Il l'appelle alors que Tateru est tout là-haut dans les branches légères. Tateru est comme tous ces enfants que le bonheur rend un peu tristes tant il étreint, pétrit, adoucit.

Tateru était le seul enfant de la maison. Une tante a rejoint la petite famille. Tateru se souvient du jour où ils ont, tous les quatre, repeint de blanc le phare. C'est une belle journée de mai. Il dit l'air pur de l'après-midi, son père sous le soleil, ses deux yeux en diabolo, son rire, et en écho ceux de sa mère et de sa tante. Le phare est doté d'une optique spectaculaire installée par les Allemands, une vingtaine d'années plus tôt. Ce sont eux qui construisirent la ville en 1898, une concession acquise auprès des Manchous pour quatre-vingt-dix-neuf ans. Ils lui donnèrent alors le nom de *Tsingtau*.

À *Tsingtau*, les Allemands, et c'est bien là le malheur des Japonais, furent parfaits. Ils installèrent un tout-à-l'égout révolutionnaire offrant le luxe à la ville de trier ses eaux, construisirent une ligne de chemin de fer. Les femmes étaient traitées avec respect : « Madame » entra dans les mœurs et resta. Ils firent découvrir aux jeunes filles locales le goût du violon, aux jeunes gens celui du football. Et à tous le goût nouveau et renversant de la célèbre Tsingtau, la bière que la terre entière allait connaître.

En quatorze saisons, la ville de Qingdao a prospéré de façon spectaculaire. Elle voit fleurir de solides maisons bavaroises aux crépis ocre et pistache. Parfaits ? Plus que parfaits. Des premiers de la classe au poil taillé de près, au cuir des bottes luisant comme une culasse de canon ; croisant les jambes comme des ladies ; monocles, regard *aqua velva*, spencer pour la valse, poignet cassé pour la *Fräulein*, visages de cire, jolis longs nez pour la plus grande joie des enfants. Sur le port, les jeunes soldats de la marine nationale provoquaient des attroupements : pantalon immaculé à la coupe parfaite tombant droit sur des chaussures de pont noires, veste chemise à col marin ouverte comme un envol de colombe, lunettes de soleil dans l'échancrure. En voici quatre, bras croisés ou main élégamment glissée dans l'autre main regardant un autochtone pétrifié. Il est accroupi au-dessus de quelques marchandises éparses ; des fruits, des œufs, quelques légumes. Il fixe des yeux, terrorisé, l'objectif du photographe comme si c'était le canon d'un revolver, un abraseur d'âme, un raboteur de nez.

Il est inscrit au dos de la photo : « *local businessmen and german soldiers* ».

À quatre ans, Tateru connaît l'île comme le dos de sa main. Lorsque la mer baisse insensiblement, il prend possession des rochers effleurant la côte. Il devient alors Gulliver gambadant sur les crêtes moussues. Il y gagne une ivresse qu'il n'a de cesse de retrouver par la suite, telle une accélération hypnotique. Courir, courir de plus en plus vite. Découvrir que l'excès d'énergie n'existe pas. Lorsqu'un lion est en surpuissance, qu'il charge à fond, il advient une chose indicible : le sol n'existe plus sous lui. Il se peut même qu'il lui arrive de dépasser la proie qu'il souhaitait rattraper.

Pourquoi ? Parce que c'est un lion.

Il apprend rapidement à respecter les choses pour ce qu'elles sont. Son père lui enseigne comment observer de près l'étourdissante organisation de la nature. Les arbres, le bol du matin, les cailloux de la plage, les rochers. Leur accorder le plus grand des égards. Changer l'orientation d'une pierre, c'est oublier la divinité qui sommeille en elle, son essence. Et surtout, son indépendance.

À cinq ans, les oreilles du garçon s'ouvrent comme des pavillons. Les narines hument à tout-va. Elles localisent une algue, un coquillage mourant, un crabe juvénile. Il aurait vécu deux mille ans ici que ses pieds seraient devenus palmés, ses oreilles basses comme des sacoches de cheval. Ses narines se seraient ourlées comme d'amples coquillages nacrés. Ses yeux se seraient encore plus plissés. Sa peau serait devenue comme un caramel brillant.

Personne n'aurait voulu l'inviter à danser.

Tateru apprend les vents. Sur une île, rien n'est plus important, comme en ville le journal du matin sur le paillasson. Il y a tout dedans. Tout est inscrit. On peut y lire la journée dans tous ses rebondissements. Le vent, c'est un peu la majuscule de l'air. Elle lui donne un sens, une direction, le brasse, l'embrasse. Il affole les oreilles, domine la tête. Lorsqu'il y a trop de vent, celui de nord-nord-ouest, on devient si facilement fou. Le vent, c'est son frère. L'île, sa sœur. Il les protège, calme la mer, nettoie les cieux. Il les tient par les épaules.

Sur terre, à Qingdao, qui s'intéresse aux vents ? Il y a tant de choses plus passionnantes : les sourires, les femmes, la bière fraîche, monter sur la colline de Laoshan, s'immerger dans sa source glaciale... S'endormir sur la plage, écouter la chanteuse d'opéra Tsu Quan, ou Chu Ra Yuan, approcher une bouche qui se donne, fumer une cigarette contrefaite, une pipe d'opium. Se laisser bercer par la chorale de l'église, les seins de la jolie Ting, la barmaid du casino. Elle sait sourire dans toutes les langues du monde. Reprendre ensemble la dernière chanson de Li Chian Lan : « Quand tu revenais ».

Ici, on connaît un vent. Celui du nord, le Bei Fung. Il arrive de Sibérie sans crier gare. C'est un vent noir. Il apporte une étrange atmosphère composée de froid et de sable. Ce sable si léger qui se mêle à l'iode, au sel et rend la carnation locale si tendre dans ses teintes abricot. Il y a encore le vent venu de la mer, en provenance du sud-est. Celui que toute la Chine envie à Qingdao. Lorsque le pays entier souffre de canicules lancinantes, ici, un délicieux ventilateur se déclenche sans un bruit. À peine un murmure, une caresse. C'est sans doute pourquoi les femmes et les hommes d'ici savent si bien caresser. Ils l'ont appris du Haig Feng, ce souffle frais, à peine tiède, si compréhensif. C'est le vent de la douceur. Seul octobre le fait renoncer. Où va-t-il alors ? On voudrait penser qu'il se replie sous l'aile d'un oiseau en attendant les beaux jours. Il file vers d'autres contrées, change de nom aux frontières puis parfois par une fatale distraction s'oublie. Il se faufile dans la tête d'un arbre du Sénégal, y meurt épuisé.

Tateru les reconnaît dès le matin. Ce sont eux qui font osciller le rideau de la petite chambre qu'il partage avec sa tante. Sans même ouvrir les yeux, il devine ce que sera sa journée. Il jouera alors à l'ouest de l'îlot, à l'abri de l'anse, dans l'arrondi de la baie, face à la ville, dos à la mer. Ou alors, dans son repli secret, dos à la montagne face au monde. Vers l'ouest. Tateru organise sa vie, ses rituels. Il y a là une mare d'eau que le soleil assèche régulièrement. Le soir venu, il y cueille le sel, le conserve dans une boîte de bois.

Il localise un autre vent venu de la mer. Il glisse très bas, au ras. C'est un vent créé pour les enfants, les insectes. Il furète sans idée, tourbillonne sans raison. On eût dit qu'il avait été créé tout exprès pour tenir compagnie à Tateru.

Quand Tateru s'ennuie, il l'appelle. Il peut être gracile, vif, nébuleux, insistant comme une note jouée à la flûte. Il lui donne vite un nom : Hanabusa[1]. C'est un ami. Il en a d'autres. Le souffle né dans le sillage d'un insecte, l'éternuement de son père, la spirale d'une cerise qui tombe de la branche, le trait en croissant de lune d'une porte qui claque, celui minuscule de l'ouverture d'une boîte à biscuit. Mais son préféré reste Hanabusa. Il a une façon très particulière de venir. Il se manifeste seulement lorsque Tateru redresse les épaules, dégage la poitrine, sourit en fermant les yeux. Hanabusa ne vient jamais autrement ; la tristesse, la désinvolture, le bruit le font fuir. Tateru range tous les vents dans sa tête en prenant soin de bien séparer les courants d'air des souffles.

---

1. « Bouquet de fleurs. »

Tateru passe ses journées en contrebas du phare blanc, avec son chapeau de paille conique. Chaque fois qu'il se baigne dans son maillot de laine bleu marine, il entend sa mère chantonner la mélodie mélancolique de Kiyoshi Nobutoki, « Si je vais par la mer[1] ».

Si je vais par la mer,
Mort, je baignerai dans l'eau
Si je vais par la montagne,
L'herbe poussera sur mes restes.
Mais je ne regretterai rien
Si je meurs près de mon Empereur.

1. « Umi Yukaba. »

Du bout de l'îlot, Tateru sait que sa tante Kazuko prépare le déjeuner. Qui propage ainsi ces fumets ? Certainement pas les grands vents. Ils ont d'autres choses à faire, tant de nuages à brouetter, de pics à brosser, de mers à dérouler, de jonques à ramener. Qui alors peut s'occuper de ces charges domestiques ? L'air est trop soucieux de soigner son immobilité, transporter ses vitres à l'infini. Alors des petits souffles viennent prendre le relais, ils ne portent pas de nom. Ils s'affairent.

Il n'y a pas grand-chose sur l'île : quelques pommes de terre, des poireaux, des choux, huit cerisiers, un pêcher et quatre grenadiers. Mais grâce à son statut d'occupant, la famille peut se fournir en viandes, histoire de changer des pêches quotidiennes. Sur terre, c'est une autre histoire. Ajouté à la misère, la peur et la honte, le rationnement, seulement cinq kilos de farine par mois pour chaque famille.

Il n'y a pas un jour où l'ingratitude de l'occupant japonais ne se fasse sentir. Écouter la radio sur la fréquence des petites ondes (les stations étrangères) équivaut à un arrêt de mort. L'armée a l'ordre de diriger les conversations. Des circulaires municipales interdisent le colportage des faux bruits. Car tout le monde parle d'entrepôts clandestins, du stockage de l'or, de fortunes aussi véhémentes qu'injustifiées, de trafics de femmes et d'alcool.

La réalité n'est pas loin. On voit des soldats japonais rafler tous les bronzes de la ville. Puis vient le tour des objets en fer. Ils sont comme ces jeunes soldats, de par le monde, que l'ivresse de la force transforme en vauriens, effrontés, ivrognes, voleurs, insolents et gloutons. Après tout, les Chinois sont habitués depuis des siècles à se laisser envahir. Qu'importe la vaillance des soldats ennemis, la vie chinoise continue. Après la plus cuisante des défaites, la plus effroyable des tueries, le lendemain matin, les paysans sont aux champs. Que les soldats soient barbares, cléments ou odieux, cela revient au même. Les assaillants ont beau tuer avec « courage et gloire », ils sont confrontés à une nation lointaine, insaisissable. Même la conviction illuminée des Japonais ne suffit pas. Parfois, le soir au bivouac, malgré les prises, les butins, les triomphes galvanisants, les soldats sont désemparés, harassés, dépossédés par une victoire sans ennemi.

La vie sur l'île ressemble au clapotis de la mer. Par un probable mimétisme, la petite famille calque son rythme sur les humeurs du temps et de l'océan. Comme elle, elle ne dit rien. Profite de l'instant. Ne parle pas. Comme si elle vivait un amour secret avec l'existence.

Pas un mot. Tateru le comprend vite.

Un jour, il se blesse au ventre avec un petit couteau de cuisine.

— Itaï[1] !

Son père lui adresse un regard d'une fureur bonhomme. Ne pas se plaindre, ne pas s'attarder sur le filet de sang mais plutôt le soigner, arrêter la fine hémorragie, frotter sa langue sur la lèvre supérieure, se contenir. Tateru comprend, baisse les yeux avant de retourner un regard clair vers son père.

1. « Aïe ! »

Sa tante profite de cette tendre incision pour tracer un petit tatouage avec de l'encre rouge et noire. Posément, alors que Tateru fixe les yeux de son père, elle déploie avec une jolie maîtrise une fleur pommelée.

C'est un camélia.

Il regarde son fils pendant toute l'opération. Jamais sans doute, ils n'ont autant échangé de sentiments entre défis et amour.

Son père recouvre avec peine toutes ses fonctions. Chaque matin, il s'astreint à de longues heures de gymnastique. Il remodèle son visage par pressions quotidiennes sur le menton, les contreforts du nez, au milieu du front.

Chaque matin, il se coupe les ongles des mains, des pieds, les ponce et les polit à l'herbe koganegusa[1]. Il se rase le crâne. Il s'appelle Kanki.

1. « Herbe d'or. »

La mère de Tateru est une femme d'une lointaine noblesse que sa famille a mariée avec Kanki pour ne pas l'enfermer dans la répétitivité ancestrale. Jamais elle ne regrette l'immobilisme de ses origines. Elle préfère le silence. Cette île nue. Elle se sent si utile auprès de Kazuko, Kanki et Tateru. C'est elle qui, tous les trois jours, rejoint le rivage pour vendre quelques coquillages, les cerises, les poires et les grenades de l'île au marché, puis rapporter quelques denrées.

Pour ce petit voyage qui prend à peine une demi-heure, elle emmène Tateru et sa boîte de sel. Il est alors en charge des cordages du canot. L'amarrer. Ils retrouvent une intimité sans égale. Il n'y a pas de mots pour cela. Et du reste, ils se garderaient bien de troubler le plaisir de ces instants purs, débarrassés de tout, de rivages.

La mer est aveuglante, la lumière blanche. Pas de regards. Seuls les mouvements du corps, l'orientation d'une paume, l'inclinaison de la tête, laisser traîner la main au fil de l'eau. Imaginer qu'en dessous, tel que le racontent les légendes, existe un royaume de lézards. Ils seraient doués de raison et connaîtraient le salut.

Sa mère actionne les rames avec la constance abstraite des tâches quotidiennes. Elle le fait comme partout au Japon, en manœuvrant toujours sous l'eau. Elle n'a pas besoin de sourire à Tateru car tout était dit dans la nacre de ses yeux.

Elle s'appelle Keiko.

Tout semble alors organisé pour rejoindre l'immobilité, la constance. Presque l'éternité. Presque.

La ville peut alors approcher. D'elle, on ne perçoit que les sons, le bruit crénelé des ancres que l'on relève, des coups de sifflet, du marteau sur le fer, de l'activité des bateaux militaires.

Tout dépend du vent. Parfois on n'entend rien. Rien du tout comme s'il avait décidé de prendre l'univers à son compte, de n'en faire qu'à sa tête, de redessiner les contours de la terre, de construire un royaume lové dans le pavillon des oreilles. Son souffle seul. La mer reprend son territoire. Seuls les mouettes et les oiseaux de l'île se fraient un chemin et tracent un filet de chant et de cris.

L'espace sonore se diffracte. Crée des territoires inédits. Tateru imite les sirènes des bateaux, arrive à moduler toute la gamme du genre. Un remorqueur annonce son arrivée. Celui-ci lui répond comme un bon éléphant. Sons longs, courts. Mugissements impérieux. Les imitations de Tateru amusent sa famille. Il y en a une qu'il garde pour lui seul. C'est la corne de brume. Elle se déclenche les nuits de novembre, lorsque la mer se voile. C'est un feulement mélodieux, hypnotique, lancinant mais tellement rassurant. Tateru devine alors que rien de mal ne peut lui arriver. Il se sent protégé. La corne de brume est comme une caresse sur l'épaule. Elle fait vibrer la maison, remonte l'échine. Parfois, plus tard, lorsque le tourment, la mélancolie, l'impatience, l'agacement s'emparent de Tateru, il fait naître au fond de la gorge cette note si longue, si basse, si bienveillante.

Une fois le canot amarré au ponton du port, il faut faire vite pour décrocher au marché une bonne place. Keiko a beau appartenir à la force occupante, entre femmes seule la première arrivée peut choisir. Aujourd'hui, Keiko vend du poisson séché, des coquillages, les fruits de l'île. Cela suffit pour revenir avec du lait, du tofu, des légumes. Tateru reste à son côté avec sa petite boîte de sel. Presque immobile. Posé comme un vase. Observant, écoutant.

Mais Tateru n'a qu'une hâte, c'est de ressortir de cette halle poissonneuse, aux odeurs puissantes. S'éloigner de ces femmes qui crient, s'interpellent, s'apostrophent, parfois se chamaillent pour un rien, un regard, un mot, un centimètre.

Tateru attend ce moment : le retour par les quais, le raccourci autorisé à eux seuls par le port militaire. De fantastiques destroyers rutilent d'allégresse guerrière. Des sous-marins posent leur nez anthracite à fleur d'eau. Des soldats en rangs à la géométrie parfaite saluent le drapeau de l'Empire. Les sentinelles sont comme rivées à la tôle participant à cet espoir métallique, le cliquetis des drisses, les puissants dégagements de vapeur, des nuages anthracite sortant des cheminées, des coups de corne à vous faire décoller de terre. Les saluts joyeux à Keiko. Tateru se sent si fier d'être japonais, ici à Qingdao, et de tenir la main de sa maman.

Voici le port de pêche. Le flottement des jonques et des bateaux plats, des barquettes, canots, embarcations de tout genre. À la mer de métal martiale, succède un fascinant océan flottant, fragile, léger, indocile, insouciant. À l'inverse du port militaire, de ses certitudes carénées, le port de pêche apparaît comme une zone entre ciel et terre. Parfois même, on a l'impression que les jonques aspirent à s'envoler, se débarrasser des cordelettes et cordages, à retrouver une bonne fois pour toutes les cieux et les vents qu'elles ne cessent de piéger dans leurs voiles. Le port de pêche bruisse à l'unisson. Il y a comme une houle de rumeurs s'enivrant d'elles-mêmes. Les cris, les toiles qui claquent, les interpellations tanguent de la même façon, avec une même ivresse.

Plus loin, la plage. Un autre univers, atone, livide, comme immaculé. On y marche au ralenti en se laissant masser la plante des pieds par les grains du sable. Le soleil, le ciel, l'air reprennent leur emprise. Rasent cette impudence humaine. À midi, ils imposent la dureté de la verticale. Quelques rares personnes s'y prélassent en semaine, les pêcheurs à pied suivent, épousent le pas des marées, l'épuisette en avant, comme le ferait un aveugle avec sa canne. Le dimanche, tout Qingdao bascule vers la baie.

La station devient méconnaissable. On en oublie la guerre, l'Occupant. Rire pour s'insurger, se rebeller dans l'insouciance, courir sur la plage pour se sentir libre. Manger l'écume de mer, éventrer l'océan, recracher l'eau en jets narquois, donner des coups de pied dans les vagues comme si c'était le derrière d'un soldat japonais.

À Qingdao, les beaux jours ne sont pas une expression. Non point d'un bleu étal, taraudé par l'idéal. Non, les journées de Qingdao appartiennent à l'impalpable des bords de mer. On croit que le soleil ne viendra plus. Il est 11 heures du matin. On serait presque de mauvaise humeur tant l'horizon est gris, gris perle, gris tank. Et alors qu'on a fait son deuil d'un jour azuré, tout à coup, le rideau de coton coulisse sur la tringle. Ensuite, le crayon devient hésitant, revient à la grisaille, au ciel sale, renonce.

En un quart d'heure, tout est déblayé. Il va faire beau. Petit souffle de mer, joie dentifricielle. Ruée des vendeurs de coquillages, des pousse-pousse, des maîtres nageurs aux mains souples, des marchands ambulants, carrioles à cheval. L'essence est rationnée. Bicyclettes par nuées ; vendeurs de jus de fruits Lupao. Ce déferlement païen est déclenché par la fin des offices religieux que sonnent les quelque soixante-dix églises chrétiennes. Des écoliers se tiennent par la main. Combien sont-ils ? Deux, quatre, six ? Quatre cent quatre-vingt-quatre. Ils sont dix minutes de chenille ininterrompue.

Même par temps de misère, les filles sont toujours jolies. Elles sont peut-être plus graves, plus vivantes. Toutes portent cet été des robes légères mais longues boutonnées au col comme des toges, fendues sur le côté jusqu'au genou. Les bras sont dégagés – le corps semble absent –, ils sont là comme des pinces à sucre. Les hommes sont en pantalons clairs, chemisette, parfois en polo de coton, chaussures de corde. Quelques-uns portent un short clair. Tous accourent sur la plage avec la rapidité d'une cuillère dans le café.

Non loin du glacier opère un photographe japonais. Il s'appelle Ryuichi. Il est venu, sentant qu'il pourrait vivre heureux sur ce littoral charmeur. La rumeur n'était pas fausse. Le Japon allait gagner la guerre, la Grande Asie orientale était en marche.

La femme de Ryuichi était morte trop tôt. Il ne voulait pas connaître la vie d'un veuf jeune. Il avait besoin de soleil, de laver sa tristesse. Il voulait qu'on lui sourie, qu'on se donne à son objectif. Comme si saisir un instant retardait le fil de la vie, repoussait cette mélancolie qui flottait parfois sur son visage.

Personne ne peut imaginer à quel point il est heureux de prendre des photos. Il adore ces moments de flottement lorsque son sujet s'affole. On ne sait pas bien sourire à vrai dire. On l'offre comme un cadeau, l'aboutissement d'un long siège. Devant cette brève panique, c'est lui qui sourit le plus, à en devenir presque inquiétant, pommettes soulevées, yeux écarquillés, bouche fendue. Il y avait là cette détresse offerte des clowns, celle du jeune homme qui avait perdu trop injustement sa femme. Il lui adressait ce même sourire à l'envers, inquiet, révolté lorsqu'elle lui lâcha la main.

À voir Ryuichi se débattre ainsi dans les fils de son visage, ses modèles retrouvent leur bonne humeur. Ils sourient en retour. Voilà sans doute pourquoi les photos de Ryuichi sont particulières. Les filles deviennent plus directes, les familles plus épanouies, les sportifs plus musclés. Tous ont envie d'être photographiés par Ryuichi. C'est ce désir, cette confiance qui donnent aux clichés sa lumière. La peau semble heureuse.

Ryuichi fume avec l'élégance d'un acteur de cinéma des cigarettes de marque Lawton. Son paquet dépasse de la poche de sa chemise. Y figure un pirate hilare avec à la main un impressionnant couteau.

On ne voit que lui, ses cigarettes, son visage aux cent sourires, son pantalon crème, sa chemisette à large col. Tout près de lui, juste dans l'ombre, son fils, Ryu.

Ryu signifie « le courant ». Il passe la journée avec son père. Il a de beaux yeux fermés du côté des larmes. Il a appris à attendre, à observer le monde défiler en accéléré. Toute la journée, il se fond dans l'air, disparaît presque. Il devient tellement invisible que parfois on lui marche sur les pieds. Ce n'est pas grave, Ryu est près de son père. Jamais il ne s'ennuie, car à force d'observation, il arrive à traverser l'étoffe des vêtements, l'iris des yeux, le pli des âmes. Ryu fait office d'assistant. Il tend les plaques photographiques lorsque son père lui demande sur un ordre sec : «*Sore totte*[1] *!*» Ryu obéit alors avec solennité.

Ces plaques fascinent Tateru. Au fil des mois, profitant de l'absence de sa mère partie suivre l'office à la messe, dit-elle, Tateru garde un œil sur le canot, mais également un pied dans l'ombre de l'assistant du photographe.

Articulant des mots avec les lèvres, les deux jeunes garçons parlent peu. Ils se contentent d'être gracieux, vivaces dans leurs rôles. Ils communiquent par signes, par mimiques, en arrondissant les sourcils, écarquillant les yeux, marquant les nombres avec les doigts. Ils sont sages comme des images.

Les estivants défilent devant eux. S'immobilisent devant l'œil noir de l'appareil photo. Arrêtent de respirer, de penser, de rire, de parler comme s'ils étaient le film sensible. Ils tiennent presque à bout de bras l'immobilité de l'air. Voilà sans doute pourquoi Ryu n'aime pas le vent. Il perturbe l'observation, trouble le voile du réel.

Il y voit l'intrusion d'un ordre étrange, capricieux, comme un frère jaloux. Son arrivée précède

1. «Passe-les-moi!»

les pluies, le retour précipité à la maison, le départ de son père pour le casino, la fin de la plage. C'est un intrus, un imbécile. Il y voit la fin des instants heureux, le début des pluies. Du gris. De la dispersion, la fin de la complicité avec son père. On le lui ravit. Le dénature. Ryu se sent chassé, privé du soleil et du paradis blond. C'est comme si on allumait une salle de cinéma en plein film. Il devient soudainement orphelin, fiévreux. Pour tout dire, il déteste le sable dans les yeux. Il préfère ces instants proches quand tout est sur le point de devenir éternel. Il aurait tant voulu que plus rien ne bouge, que le Japon triomphe, que son père reste en place, et le soleil accroché tout là-haut. Il sent confusément la vie tapie comme un jaguar, prête à fondre sur lui.

Ferme la bouche, dit Ryuichi à une jeune fille pétrifiée par la séance.

Redresse les épaules, dégage la poitrine, respire ! Ouvre les yeux ! Ne me regarde pas ! Rentre ton derrière ! Penche la tête ! Sois fière ! Pense à ton futur mari ! Fais la chatte ! Cache tes dents ! Mouche ton nez ! Pense à un Lupao tout frais ! Sois plus belle que Tsu Quan ! Arrête de penser à Dieu ! Comment me trouves-tu ? Cela ferait-il de la peine à quelqu'un si je te demandais ton adresse ?

Les injonctions tombent pile chaque fois. Les deux garçons guettent cet instant comme on découvre un résultat de loterie.

Parfois, leur présence trouble l'intimité d'une séance, comme ici avec cette jeune demoiselle.

Alors Ryuichi leur demande de reculer de dix pas.

— Vous ne comprenez donc pas que vous la dérangez !

Pourtant, c'est un pur ravissement de la voir offrir à l'objectif la transparence de son âme, le profond de ses yeux. Le corps se cambre un peu comme sur les photos des magazines. Avec cet espoir, ressembler à Ri Koran, l'héroïne du *Chant de l'orchidée blanche*[1]. Elle était née, pouvait-on lire, en Mandchourie. Son véritable nom était Yoshiko Yamaguchi. Les revues de cinéma disaient avec insistance : « Grâce à la beauté de ses chansons et à sa façon de s'exprimer avec naturel dans notre langue, Ri Koran bat les Japonaises sur leur propre terrain. »

On apprendrait plus tard que Ri Koran était japonaise. Les GI's en étaient dingues et l'écoutaient en douce. Dans les années cinquante, Yoshiko changera de prénom pour devenir Shirley Yamaguchi.

Tateru et Ryu jouent au ballon sur la partie de sable encore trempée. La plus dure. Tateru garde sa chemisette sur le dos alors que la chaleur le fait perler.

1. 1939.

— Pourquoi tu ne fais pas comme moi, lui lance Ryu, tu as chaud, idiot ! Retire-la !

— Non, j'aime bien avoir chaud.

— Retire-la, t'es idiot ou quoi ? !

Tateru accepte de passer pour un idiot. Un secret l'embarrasse. C'est ce camélia que lui a dessiné sa tante. Parfois, il en est fier, comme d'une dignité clandestine. Un pacte entre lui et son père, une promesse que l'on ne peut exhiber. Il aurait voulu que personne ne le voie. Que le dessin devienne invisible. Mais le camélia est bien là, pétant de couleurs sur son ventre.

Pourtant Tateru retire sa chemisette. Mais perd la partie de ballon à dissimuler de la main son camélia. Personne ne l'a vu. Le camélia garde son secret. Ryu rit à pleine gorge.

Ils s'allongent sur le sable. Parlent. Du football, de la ville, de l'île, des filles. Ryu coupe court.

— De toute façon, je n'aime pas l'amour.

— Moi aussi, répond Tateru sans en être persuadé.

— Je n'aime pas l'amour. Les manières des filles, leurs rires. Je ne pense même pas qu'il en existe une pour moi. Ou alors, elle est…

— Elle est comment ?

— Je ne sais pas. Tu veux que je te dise : elle n'a jamais existé. Ou alors, elle pourrait être comme ce nuage blanc tout là-haut. Immaculée, inaccessible. Il me suffit de la voir, de la décrire. Elle est…

— Les garçons ! C'est l'heure de rentrer !

Quand Tateru repart, il a la tête encore débordante d'images. Il fait semblant de photographier sa mère en clignant exagérément d'un œil. Keiko continue de ramer comme si de rien n'était. Elle s'inscrit dans le carré que Tateru compose avec ses doigts. Elle est si douce qu'elle n'a pas besoin de sourire. Son visage est amusant avec sa façon de tourner en rond entre l'arc de ses sourcils, l'ovale ourlé de ses lèvres, son petit bout de nez, le cercle régulier de ses narines : on pourrait le dessiner sur la buée d'une fenêtre tant il semble avoir été conçu avec aisance. Il n'y a que la frange qui échappe à cette douce harmonie. Comment a-t-elle fait pour obtenir cette curieuse composition. On dirait un peigne édenté. Keiko rame patiemment dos au phare, les yeux tournés vers la ville. Elle laisse à Tateru l'île et l'océan.

Lorsque Keiko et Tateru débarquent sur l'île, chacun file à ses tâches. Le dîner du dimanche est le plus raffiné de la semaine. Kazuko s'y emploie depuis la veille dans un rituel immuable : soupe légère parfumée d'herbes et parfois d'un coquillage, puis un bol de riz. Ensuite vient un plat mitonné toute la journée.

Avec des huîtres que Tateru livre en abondance, Kazuko est capable d'inventer des plats variés comme les couplets d'une chanson : une fricassée d'huîtres au céleri et paprika. Ou encore des huîtres au four avec des miettes de pain. Un gumbo d'huîtres avec de la farine, du laurier, du sel et du tabasco.

Le dimanche, le père de Tateru s'offre une bière. S'il tient à servir les deux femmes en premier en prenant soin de contrôler la mousse, lui boit à même la bouteille. Il le fait comme s'il portait un coup de clairon. Comme pour une levée des couleurs, un hymne silencieux.

Le repas terminé, Kanki entraîne son fils pour une dernière inspection du phare. Monter tout là-haut, c'est comme épouser la vie d'une grande personne. Tateru regarde son père vérifier les optiques, les lumières. Ce dernier observe l'horizon dans un lent travelling. Le geste est admirablement précis. Une parabole très lente des épaules. Il pose ensuite ces énormes jumelles vert sombre avant de consigner sur un grand registre quelques brèves remarques. Ensuite Kanki descend au bureau de la radio, chausse les écouteurs et communique avec le poste central du port.

Tateru sent bien que ce début d'été 45 n'est pas comme les autres. Son père est anxieux. Il passe des heures enfermé dans le bureau. Son visage lui fait mal. Parfois un rictus s'inscrit et se fige sur son visage. Au dîner, il donne quelques nouvelles du monde. Tateru va bientôt avoir huit ans. Après tout, on peut bien tout lui confier.

Le monde justement prend une forme étrange. Une mouche survole la table et pique vers un plat délaissé lorsque Kanki annonce la fin de Berlin (2 mai). La mouche titube dans les effluves. Hitler se serait suicidé (30 avril). Une autre mouche vrombit. L'information est démentie, ce serait un sosie. Puis confirmée (4 mai).

Kanki donne ces informations comme s'il déposait sur la table de mystérieux bouts de ferraille. On ne comprend plus grand-chose. Mis bout à bout, ces éléments ne fonctionnent pas. Pourquoi les Russes laissent les Polonais se faire dévorer par les Allemands ?

Pourquoi, alors que le Japon semble triompher, les villes nippones sont-elles sauvagement bombardées ? Rien ne concorde. Et cela rend les populations stupides.

C'est sa tante Kazuko qui éprouve le plus intimement cette inquiétude. Elle partage avec Kanki cette sinistre confusion, cette vérité claudicante. D'instinct, elle comprend que son monde va sombrer.

Cela se produit lors du retour d'un destroyer japonais. Stupeur générale, il est éventré. Il frôle l'île. La petite famille voit de près le spectacle de désolation qui règne sur les ponts. Les tôles sont affreusement déchiquetées. Les soldats sont tristes, énervés. Le drapeau de l'Empire n'a pas été changé. Mais ce qui les fait frémir, c'est que jamais, ô grand jamais ils n'ont vu le drapeau dans un tel état. Déchiré, sali.

Tateru découvre, stupéfait, que le drapeau flotte mal dans l'air. Les vents tournent à l'aigre. Ils sentent le bois brûlé, l'iode sursalé. Ils deviennent fous, cherchent un axe de la terre, s'appuient gauchement, se chamaillent entre eux. Ils perdent la tête, veulent être aussi forts que la lune, que le soleil. Tateru ne les reconnaît plus. Il s'agace de leurs humeurs absurdes. Il les sent ailleurs, bousculés, ivres d'eux-mêmes. Parfois, la nuit devient un immense gribouillis de zéphyrs. Au petit matin, le nez de Tateru est irrité, le petit déjeuner étrange.

De la pointe de son espadrille Kazuko trace sur le sol des traits et des points. Keiko, Kanki et Tateru, tous la regardent avec une profonde attention. Kazuko procède rarement de la sorte. Elle est impavide, blanche. Ses orteils partent chatouiller les astres. Elle interroge avec une vitesse de somnambule les maisons : la sienne, celle de ses proches, du père, des enfants, de la servitude, des adversaires, de la mort, de la religion, des honneurs, des amis, des afflictions. Kazuko semble possédée. Puis se calme, respire. Maintenant, elle sait.

Tateru met la main sur son ventre comme s'il voulait que le camélia ne sache pas si tôt. Il sent que, ce jour-là, la vie perd pied. Les vents s'enfuient déjà.

— Notre armée va devoir reculer, je le vois, dit Kazuko. Alors, je resterai ici. Je me ferai oublier. Je peux devenir une servante, je peux faire la cuisine, accommoder les huîtres de mille façons. Pas vrai ? !

— L'armée ne reculera jamais, répond mécaniquement Kanki.

Les événements s'entremêlent, perdant toute hiérarchie. L'équipe de football de Qingdao passe de la troisième à la deuxième place. La ville frémit.

Le stade construit par les Allemands se trouve juste à côté de la plage. Grâce au vent d'ouest, les grondements, les vivats et les sifflets de la foule parviennent jusqu'aux deux garçons. Ils peuvent tout deviner dans les houles de soupirs, d'inquiétude, d'exaspération. Le ressac désenchanté, lorsque le buteur rate son tir. Les montées d'encouragements accompagnant les chevauchées des ailiers de débordement. Ryu et Tateru ont dessiné sur la plage un grand rectangle où ils reproduisent à dessein l'évolution du jeu.

Tous deux se réunissent dans cette observation instinctive. Tateru dans les vibrations de l'air, Ryu pour avoir mémorisé de nombreuses actions. Il avait vu s'entraîner les joueurs sur la plage. Il sait comment le gardien de but procède pour se saisir du ballon. Sa technique en a fait un héros, tout le monde l'imite à présent. Même lorsque Ryu veut ramasser quelque chose, il pose un genou à terre et, avec un harmonieux mouvement en cuillère, s'empare de l'objet comme le faisait l'idole du club, Tchung Tsin. Celui-ci porte toujours un short vert. Il a un grain de beauté légèrement décentré sur le front.

Le père de Ryu a un grand respect pour la mère de Tateru. Ils se saluent comme des oiseaux mécaniques. Plusieurs fois, comme le veut le protocole. Qui salue qui le premier? Ryuichi sait que le mari de Keiko a été blessé pendant la guerre. Cette information confère à l'épouse une sorte de statut d'intouchable. Ils se saluent donc. Se félicitent avec urbanité de la bonne entente de leurs enfants.

Ce n'est pas l'envie qui manque à Ryuichi de faire plus ample connaissance. Il aime bien Keiko. Elle a la même douceur que sa femme défunte. Cette patience désarmante qui lisse son visage. Mais ce n'est tout simplement pas possible.

C'est pourtant elle qui revient avec insistance dans ses pensées lorsqu'il s'allonge sur son lit d'opium. La fumerie est située non loin du casino. S'y retrouvent les artistes de l'Opéra de Pékin de passage, les diplomates et quelques ingénieurs. Ryuichi est fidèle à son lit de bois sec d'une simplicité désarmante. Un lit bas, noir et rouge sang au flanc de planches blondes. Ryuichi s'y allonge comme s'il accostait l'anse d'une baie. Pourquoi donc l'image de cette femme douce vient-elle hanter ses rêveries ? Il le sait bien. Les autres femmes lui sont trop accessibles. Il s'ennuie de leurs coquetteries, les sait si prévisibles. Il se lasse si vite.

L'opium le conduit droit vers elle. Dans la fumée, la pénombre et sa bienveillante indifférence, tout son corps se fond alors dans une sorte de contemplation, la vision presque translucide de la plage, le sable diaphane, les lumières trop blanches, le soleil, sa violence d'astre barbare, comme jaloux de la terre, jouant de ses ombres.

Keiko apparaît dans ses rêveries comme un rituel, une installation. Elle parle dans le silence des mots qu'il n'entend pas. Elle garde toujours cette mystérieuse distance. Elle s'éloigne à la rame. Devient un point noir dans le bleu cobalt. Jamais il ne parvient à la glisser dans une songerie sensuelle. L'opium le cadenasse dans une suspension suave. Il ne sent plus ses pieds, son coude posé sur le côté. Il gagne une immobilité imprégnée d'une subtile lucidité oscillant entre divin et saugrenu. La nuit s'avance.

Ryuichi adore piéger la fumée, la rendre presque lourde dans sa bouche. L'immobiliser. Puis, il entrouvre les lèvres pour laisser s'échapper un nuage lascif, presque fixe, retors comme une murène. Le nuage s'enturbanne au pied de son nez, le couvre comme l'on chloroforme un importun, puis part rejoindre le plafond. Si Ryuichi sourit longuement, c'est qu'il est devenu seul possesseur d'un amour secret. Seul lui le partage. Il voudrait se lever, en parler. Mais qui comprendra ? Même les mots écorcheraient le seul nom de Keiko. S'il se tait, rien ne viendra corrompre cet immense sentiment.

Je mourrai pour mon amour, dit un poème
Ne connaîtrai la vérité que dans la fumée qui demeure
Le nom de mon amour, mon ultime secret.

L'opium imprègne le port et la ville de Qingdao. Les Japonais laissent faire, trop contents d'avoir pour allié cet édredon analgésique. Il apaise les esprits, endort les velléités, la douleur, celle-là même qui tournoie encore autour de la ville. Les Anglais ont procédé de même pour anesthésier la Chine au début du siècle.

Tateru grandit. Il s'en aperçoit en se levant dans le bateau. Jusqu'alors, il sentait les vents de surface, ceux qui se faufilent comme une libellule, parcourent la baie comme des tout fous, s'épuisent avant de se laisser piéger dans une voile, ou une chemisette. À présent, Tateru est exposé à des brises plus délurées, énergiques. Durables. C'est une révélation que d'accueillir ces nouvelles forces. Tateru se sent mieux entouré, épaulé. Il n'est plus seul à l'entresol. Il quitte le monde des courants d'air, prend du souffle.

Aujourd'hui, sa tante prépare une recette à base d'huîtres. Elle a tout simplement émietté des biscuits, coupé un ou deux oignons, ajouté un soupçon de lait, du sel, du poivre, du paprika et de la noix de muscade râpée. C'est rudement bon et Tateru en mange comme quatre. Pourquoi aime-t-il autant les huîtres? Par complicité. Comme elles, il est sauvage et renfermé.

Les nouvelles arrivent dans un sombre tumulte. Le monde ressemble à une éponge de roche que l'on presse. Il n'y a de jour sans que le globe se fendille. Kanki croit lui aussi aux vents[1], à leur esprit[2] ; ceux-là mêmes qui sauvèrent l'Empire du Japon à deux reprises à Hakata, au nord-ouest de l'île de Kyushu. C'était en 1274. Face à eux, le petit-fils de Gengis Khan Kubilai. Un génie capable d'exploits militaires mais également d'inventer des nouvelles façons de faire la guerre.

Il créa un vaste empire qui contrôlait non seulement la majorité de la Chine, la Corée, une partie de la Sibérie, l'Indochine, la Birmanie, l'Iran, l'Irak, l'Asie mineure, la Russie, la Pologne, le royaume de Hongrie et un morceau des Balkans. L'heure du Japon avait sonné. Son petit-fils, Kubilai Khan, se proclama empereur de Chine. Il décida d'envahir le Japon. N'ayant aucune compétence maritime, c'est aux Coréens qu'il fit appel pour la construction d'une flotte, notamment des jonques gigantesques. Elles étaient effrayantes tant elles dépassaient en capacité tous les navires de l'époque. Certaines mesuraient jusqu'à 70 mètres de long. Elles étaient révolutionnaires : la coque à fond plat était divisée en caissons étanches. Il fallut attendre le XIXe siècle pour que l'Occident reproduise cette technique.

1. *Kaze.*
2. *Kami.*

Les voiles n'étaient pas moins impressionnantes avec des lés de palmier tendus sur des lattes de bambous. Ces jonques pouvaient ainsi transporter les chevaux de combat. Chaque cavalier en avait cinq.

Cette histoire-là, Kanki la racontait régulièrement à son fils pour l'endormir. Il lui parlait des catapultes. Face à elles, des samouraïs à cheval se battant en combat singulier. C'était pitié de voir des escadrons entiers disparaître avant même d'avoir pu croiser le fer. C'était surtout un déshonneur pour ces cavaliers habitués à un combat individuel. C'était tout leur art et leur noblesse. Or, ils se heurtaient aux fantassins mongols groupés en carrés hérissés de pics, armés d'arcs surpuissants qui portaient jusqu'à 120 mètres !

Et même aux grenades explosives qui effrayaient les montures et aux lances qui les éventraient. Celui qui affrontait les lignes ennemies pour son traditionnel défi était précipité au sol, sans avoir eu le temps de se nommer. C'est ainsi qu'au petit matin du 19 novembre, 900 bateaux, 15 000 soldats mongols et 8 000 guerriers coréens abordèrent la baie de Hakata, au nord-ouest de l'île Kyushu.

Ce récit berça les nuits de Tateru.

Le soir venu, le moral était au plus bas. Il était évident que notre île allait être envahie. Mais une chose incroyable se produirait dans la nuit.

Alors que l'assaut final était imminent, il ne restait plus qu'une chose à faire : prier. Invoquer le ciel. Le Japon allait être envahi. Il fallait accepter cette décision. Les dieux en avaient décidé ainsi. Il fallait accepter dignement un sort contraire.

Il y eut alors sur Hakata un calme étrange. Un grand silence. Ceux qui connaissaient l'esprit des mers comprirent qu'un événement se préparait. Que des acteurs allaient entrer en jeu alors que nul ne les attendait. Ce sont les vents…

Les vents. On les oublie toujours. On a l'impression qu'ils sont de trop. Ils veulent jouer les intéressants. Prendre un rôle qui ne leur revient pas. On ne les voit jamais et ils voudraient tout régimenter. C'est mal les connaître.

Mais lorsqu'ils se replient, c'est le signe qu'ils observent, qu'ils attendent. Ensuite, ils viennent ranger à leur façon.

Tout d'abord, ils faiblirent. La mer fut secouée par une houle irrépressible. Le ciel noircit. Au loin, s'inscrivit sur l'horizon une colonne majestueuse. Elle avançait comme un cobra. Les soldats des deux camps restèrent fascinés par ce spectacle. Un vent terrible s'en venait fouiller la terre ; et d'un déhanchement désignait qui partirait, qui survivrait.

Il était trop tard pour fuir. Il ne restait qu'à se protéger car volaient alors des projectiles de toutes sortes : toitures, branches, terres, carrioles, pierres. Les jonques furent littéralement soulevées, projetant à la mer chevaux et soldats. Le déluge monstrueux dura à peine une heure. Lorsque le sol fut lavé de tout, il ne restait que gémissements et corps meurtris. L'horizon était comme nettoyé, le pays hébété. Les villages côtiers détruits, les navires jetés en vrac comme du papier froissé. La flotte mongole reprit au plus vite le large. Comme frappée de stupeur.

La nouvelle parcourut le Japon aussi vite que le typhon. Le vent des dieux avait miraculeusement protégé le pays.

Tateru écoutait, allongé comme un bout de bois ; dans un garde-à-vous martial. Ce récit allait nervurer son existence. Esprit des vents et guerrier de l'ultime. Il y avait là, comme dans son prénom, l'axe de sa présence sur terre.

Kanki a renoncé à croire au pouvoir des hommes. Il garde un espoir fulgurant pour son Empereur et par-dessus tout sa confiance en la nature, en la Grande Asie orientale. Elle finira bien par se réveiller, constater le mal que l'on inflige à l'Empire, lui, si soucieux du respect des lunes, des vents, des feuilles et des pierres.

Il descend partager le dîner familial avec un appétit distrait, il a du mal à goûter la clarté du potage. La fumée du bouillon lui embue le regard. En mars 1945, la ville de Tokyo vient de subir un éprouvant bombardement. 334 avions B-29 couvrent la ville de bombes incendiaires, pulvérisant 30 à 40 kilomètres carrés de la ville. 95 000 habitants sont tués. Aujourd'hui même, on apprend la destruction de quatre grandes villes.

C'est à n'y rien comprendre. Neuf millions de Japonais sont sans abri. Hier 550 bombardiers B-29 ont largué 4 000 tonnes de bombes incendiaires sur la base navale de Kure, ainsi que sur Shimonoseki, Ube et Kumanoto, dans la partie ouest de l'île de Kyushu. Au même moment, la radio de Moscou annonce que le corps de Goebbels vient d'être découvert dans une cour de la Chancellerie de Berlin avec femme et enfants. Demain matin, 600 bombardiers américains s'apprêtent à se délester de 4000 tonnes de bombes sur Osaka, Nagano, Shimizu-ku, Kofu, Chiba… La radio de Tokyo surnommera par la suite ces attaques «l'ombre noire de l'invasion».

Lorsque Kanki a la tête trop bourdonnante de ce monde insatiable, il se réfugie tout là-haut, dans la tourelle du phare. Gravir les marches, tenir la rambarde en laiton, lui procure le sentiment d'une plongée en lui-même. Il a l'impression d'entrer dans les circonvolutions de sa tête. La confrontation avec les immenses lentilles dont la plus grande fait bien 90 centimètres de diamètre accélère cet étrange processus avec les jeux métaphoriques des réflecteurs paraboliques, les prismes collés sur des glaces, les roulements crénelés de l'horloge, les feux tournants, les signaux à courte éclipse : comme une ivresse des signes, accentuée par la chaleur des lampes, les ardeurs veloutées du transformateur. Il est dans l'œil de l'univers. Plus que quiconque, Kanki sent l'incandescence du monde.

Entre les écouteurs, il ne lui reste plus qu'à fermer les yeux, dévaler la pente de l'histoire.

Celle-ci prend feu. Le 26 juillet, les États-Unis lancent un ultimatum au Japon. Il est rejeté le 28 juillet.

Sur les cartes de l'état-major, cinq villes apparaissent immédiatement : Kyoto, Hiroshima (grand port militaire), Niigata (port, aciéries et raffineries), Nagoya (grand port), Kokura (le principal arsenal). Kyoto semble la cible idéale. Quelques conseillers signalent cependant que, vu sa richesse culturelle, sa destruction constituerait un obstacle grave à une réconciliation ultérieure avec le Japon. La liste se resserre alors autour des quatre autres villes.

Le 3 août, des avions suivent l'évolution météorologique au-dessus des quatre cibles potentielles. Le 6 août, sept B-29 décollent de Tinian, dans les îles Mariannes, pour une ultime reconnaissance au-dessus d'Hiroshima, de Nagasaki et de Kokura. Kanki n'en saura rien. Ce soir-là, des diversions attirent les Japonais ailleurs. Il faut sans arrêt dédoubler sa pensée. Oublier les apparences, les bombardements anodins, la réalité et tâtonner dans le mystère. Des ombres traversent le ciel, les lumières mentent, les vents tournent. Le monde écoute son cœur, se palpe, mais personne ne sait qu'à 2 h 45 le colonel Tibbets décolle à bord de l'Enola Gay avec la bombe *Little Boy*. Personne ne voit, au-dessus d'Iwo Jima, le capitaine Parsons se glisser dans la soute pour amorcer l'engin. L'Enola Gay grimpe alors pour atteindre son altitude de bombardement. Personne ne pourra raconter ce qu'il se passe dans les têtes. Le monde ne croise aucun regard. Il devient aveugle sauf pour une poignée de militaires. Ils seront les seuls à jongler avec les observations météorologiques. Le Japon s'éveille à peine lorsque, à 7 h 09, une cible se dessine toute seule. Pratiquement pas de nuages, un vent très faible. La ville-cible sera celle qui s'offre le plus. Hiroshima.

À 8 h 15, *Little Boy* est larguée. L'Enola Gay fait un rapide virage sur l'aile pour éviter le souffle de l'explosion. Cinquante-trois secondes plus tard, la bombe atomique explose à 590 mètres au-dessus d'Hiroshima.

Dans les appareils qui survolent la ville et s'en éloignent, les mitrailleurs de queue sont éberlués par le spectacle. Tibbets fait demi-tour. Il voit monter au-dessus d'Hiroshima un énorme nuage. Il le décrira comme un baril de goudron en ébullition qui s'élève en altitude.

Dès le premier millionième de seconde, l'énergie thermique est libérée dans l'atmosphère en une boule de feu d'un kilomètre de diamètre. Au sol, la température atteint plusieurs milliers de degrés sous le point d'impact. Dans un rayon d'un kilomètre, tout est instantanément vaporisé et réduit en cendres. Jusqu'à quatre kilomètres de l'épicentre, bâtiments et humains prennent feu spontanément. Les personnes situées dans un rayon de huit kilomètres souffrent de brûlures au troisième degré.

Après la chaleur, c'est au tour de l'onde de choc de tout dévaster. Engendrée par la phénoménale pression due à l'expansion des gaz chauds, elle progresse à une vitesse de près de 1 000 km/h semblable à un mur d'air solide. Même les dieux n'ont probablement jamais vu de tels vents. D'une violence inouïe, ils projettent les débris et entretiennent des tempêtes de feu. Ils réduisent tout en poussière dans un rayon de deux kilomètres. Sur les 90 000 bâtiments de la ville, 62 000 sont entièrement détruits.

L'éclair de l'explosion rend aveugles un certain temps jusqu'à plusieurs kilomètres à la ronde ceux qui regardent dans sa direction. L'onde thermique qui se propage ensuite entraîne la vaporisation immédiate des corps humains. Un peu plus loin, c'est la carbonisation intégrale, l'évaporisation des viscères.

Le troisième effet, encore très méconnu en 1945, est spécifique à cette arme : celui des rayonnements. Il déclenche des cancers, des leucémies. D'autant plus terrifiant que ces effets n'apparaîtront que des mois, voire des années après l'explosion. Le mémorial de la paix édifié à Hiroshima égrène les 221 000 noms des morts.

« Une révolution scientifique » titre *Le Monde* du 8 août ; « Une révolution stratégique », annonce *Le Parisien libéré* pendant qu'un journal suisse du comté de Vaud ouvre son édition sur la chute mortelle d'un cycliste.

Il faudra plus de vingt jours pour que les premiers secours arrivent. Ils découvriront la vision hallucinante d'une ville dont le centre a été aplati comme le creux de la main. Il n'y a alors plus de vents à Hiroshima, on les a subtilisés. Ils ont quitté l'Empire.

À Qingdao, on n'a jamais entendu autant d'airs d'opéra à la radio, suivis de pièces de théâtre. Les Japonais sont encore dans leurs rêves. Ils croient au miracle de 1274. Ils regardent la nature avec sollicitude. Ils en caresseraient le ventre des vents, juste pour leur rappeler qu'ils croient en eux. Qu'ils sont attendus. Personne ici ne sait encore qu'ils sont passés à Hiroshima.

Personne ne sait que, le 9 août, un bombardier surnommé *Great Artist* trouve la météo de Nagasaki idéale et largue une seconde bombe nucléaire.

Le 15 août, l'empereur du Japon, Hirohito, annonce la capitulation sans condition de son pays. Qingdao n'apprendra la nouvelle que bien plus tard. C'est un choc pour les 30000 Japonais stationnés dans la ville qui compte alors 500000 habitants. Dans les rues, ils se font plus discrets. Chose inhabituelle pour les Chinois, ils se voient salués alors qu'avant l'indifférence, quand ce n'était pas le mépris, était la règle.

Kanki ne veut pas revivre la même scène de son arrivée au phare. Il connaît trop les règles de la guerre. Il se réveille la nuit en nage, la poitrine traversée de spasmes. C'est fini, il faut partir et vite.

Ce qu'il y a de plus rêche, de plus lancinant, c'est la désertion des dieux. Les esprits ne répondent plus. Les vents soufflent n'importe comment. Le Japon est redevenu une petite île. Il n'est plus cet étrange empire interposé entre la terre et le ciel. Kanki se souvient des paroles du samouraï Ōishi Kuranosuke. Elles lui murmurent : « Dans le doute si l'on doit manger ou non, il vaut mieux se refréner. Quand on est incapable de décider si l'on doit vivre ou mourir, mieux vaut mourir. »

À la fumerie du casino, sur un divan couvert de tapis de Mongolie, Ryuichi est au tréfonds d'une rêverie lorsqu'un de ses amis chinois s'approche de lui.

— Ryuichi, profite ! Profite encore de ces quelques nuits…

Ryuichi se redresse sur le coude.

— Quoi ?! Pourquoi me dis-tu cela ?

— T'es idiot ou quoi ?! C'est fini ! J'ai écouté la radio. L'Empereur a signé la reddition. Pars avec ton fils avant que les choses ne tournent mal.

En pleine journée, le sol se déroberait sous lui, mais dans cette nuit au coton froid, Ryuichi a déjà anticipé cette catastrophe annoncée. Il répond par un long sourire.

C'est ainsi, le photographe va où les gens sourient.

— Ici, lui répond son ami, les gens continueront de sourire. Ils le feront avec une vraie joie, profonde et retrouvée. Les sourires qu'ils t'adressaient passaient par toi mais fuyaient au-delà, pourtant maintenant, tu n'es plus un photographe. Tu n'es plus qu'un Japonais. Un salaud de Japonais.

— Mouais… mais que vais-je faire en retournant dans un pays qui ne sourira pas pendant vingt ans ?

— Bah, je ne sais plus. Mais ton fils ne doit pas connaître ce que le mien a vécu.

Ryuichi offre une pipe à son ami, en prend une autre. Depuis si longtemps, il a quitté Qingdao. Il est sur un tapis volant, la tête ouverte, le corps offert, l'âme en totale perdition. Le Japon, la Chine, tout semble si loin, si petit, si étroit. Ryuichi s'emplit de cette glaciation sublime, cet engourdissement aigu qui le rend si fort, si protégé. Traverserait-on son corps d'un sabre qu'il pourrait converser avec son assassin.

En quelques instants, d'une étrange volupté, Ryuichi inspecte ces deux futures années. Il réalise combien son être est capable d'héberger autant de possibilités avec une telle facilité. Combien il peut être si mobile, lâche et courtois avec lui-même.

Pourquoi ne resterait-il pas sur la plage de Qingdao à défier le temps, s'agripper aux rochers, épouser le sac et le ressac des marées ? Il deviendrait un curieux héros, haï et accepté. Un âne. Un fou.

Mais il y a Ryu. Il y a surtout l'envie de ne pas contrarier la nature. Il faut partir. Mais aller où ? Revenir dans son village natal près de Kyoto, essuyer le regard méprisant, le dédain et les regards hautains ?

Jamais. Partir, là où on ne l'attendrait pas. Un pays d'innocence. Dans l'intérieur de ses yeux, Ryuichi consulte le globe de la terre. Y cherche le Japon. N'y voit rien. Si ce n'est son poignet retombé sur le lit, près de son ventre rentré, si maigre (depuis deux jours, il n'a quasiment rien avalé). Le plafond s'engouffre dans l'insondable ; les bruits s'effacent en volutes chamarrées, sa tête semble glisser dans ses mâchoires.

Les nuits de Kanki sont habitées. Il se réveille trop tôt, la tête alourdie de pensées. Il veut savoir où il allait mais le monde va trop vite. La veille, Kazuko avait lu les augures dans ses points et ses traits. Elle les a vus trouver leur chemin vers le nord-ouest. Kanki faisait mine de ne pas écouter. Quand la tante triturait le sable, les présages, les injonctions étaient d'une froideur aussi juste que terrible. Il savait déjà que l'arrivée sur l'île serait suivie d'un crime (le gardien). Elle lui avait épargné son pressentiment sur l'explosion de la chaudière. Mais elle l'avait lue. Elle fonctionnait à l'orientation des destins, résonnait en termes de nord, sud, est et ouest.

Kazuko avait été déjà fort intriguée par la force de la petite île de Qingdao, de sa puissance tellurique. *Qingdao*, cela signifie «île pure» mais aussi «île verte»; une île verte inscrite dans un dispositif singulier avec d'autres îles au large appelées «île jaune», «île rouge» et «île bleue». Il lui fallait trouver le cinquième élément de sa réflexion. En vain. Ce qui apparut de façon très nette, ce furent les nombreuses montagnes à franchir. Elles étaient au nombre de quatre; et elle voyait l'inversion des chemins (le passage à l'ouest). Elle avait marqué plusieurs blancs pénibles, et finit par dire :

— Vous risquez de vous perdre, il y aura une maladie grave, tu suivras une étoile, elle illuminera ton ventre. Elle te rendra fort dans sa quête mais le chemin sera long.

— Et pour toi? lâcha Tateru.

Kazuko le regarda fixement, et avec une drôle de mélancolie, une peine joyeuse, elle conclut :

— Je n'ai pas de vraies réponses. Aucune direction. Ce qui signifie que mon chemin s'arrête ici. Mais cela, je vous l'avais dit, je le sais depuis longtemps.

Lorsque, au petit matin du 20 août, la famille se retrouve pour le petit déjeuner, l'air est immobile. Le paysage est comme un visage figé. Pire, le drapeau qui d'habitude joue tranquillement est fixe, raidi, comme mort, vidé de son sang. Pas de vent. Kanki entraîne Tateru dans la chambre de la radio. Branche le poste, met les écouteurs. Son visage devient comme le drapeau de l'Empire. Ses deux yeux ont la même expression. Même le plus joyeux s'arrête de vibrionner, l'autre est de verre, sans expression.

Le Japon, c'était donc vrai, vient de capituler. Tout à coup, il n'y a plus de sens. L'air est oppressant. Kanki est presque dans l'incapacité de l'inhaler. Ce n'est plus le sien. Plus celui de l'Empire.

Le calme de la ville semble insupportable. Tout est en vrac, illisible. Les Japonais comprennent très vite que c'en est bien fini. La ville connaît deux trois semaines de flottement. Rien n'est sûr. On pense avant tout à se ravitailler, à trouver de quoi donner à manger aux enfants. Tout devient rare. Les soldats japonais plient bagage. Le pillage commence.

Quelques escadrons sont affectés au démontage de l'éclairage urbain. Ryuichi prend des photos de cette scène. On y voit des soldats dans des situations surréalistes. Une échelle est apposée à un pylône. Un soldat tient fermement les montants pendant qu'un autre monte décrocher l'ampoule et son habillage. Il pose pour la photo avec un sourire incrédule, sot, pour tout dire.

Il fait encore un temps radieux sur Qingdao. Un automne précoce s'abat sur la ville. Des nouvelles parviennent. On parle de tueries inimaginables, les Japonais auraient détruit la ville de Nankin. Mais ici, on ne peut plus croire que ce que l'on voit.

Ryuichi photographie à tour de bras. Des Japonais lui demandent de prendre un instantané de ces jours qu'ils pensent perdus. Il sent bien dans ces visages implorant la pérennité du bien-être qu'une page est tournée. Le soir, dans la lumière rouge de son petit laboratoire, il scrute ces expressions bancales.

Il s'agit d'un jeune couple avec une fille de sept ans. Lui s'appelle Wang Dulu. C'est un écrivain. Il pose la tête légèrement penchée dans le jardin de la pagode. Il porte un costume noir anthracite et la casquette perchée haut sur le front, ses mains sont nouées dans le dos. Elle est là avec un grand sourire, une sorte d'immobilité sereine, une confiance qui va percer l'objectif de l'appareil photo. Même la petite fille, elle s'appelait Pei, a les paumes ouvertes. Elle sourit comme un ange. En voyant ces photos, Ryuichi comprend qu'il faudra faire vite. Les bruits courent en ville, l'heure est au départ. Pire, à la fin. Il la sent dans sa gorge : sèche.

Kanki voit la même fin dans le va-et-vient des bateaux. Des cuirassiers reviennent la coque noircie, la dentition cariée, le pavillon branlant. La plupart des navires sont partis, le commandement est parfois confus. Son chef direct n'a pu donner de nouvelles depuis trois jours. Des navires américains sont annoncés. Il faut fuir.

La colonie japonaise découvre qu'il n'y a plus de moyen de rentrer au Japon. Les rares bateaux qui passent sont réquisitionnés pour les soldats. On annonce un train dans trois jours. La nouvelle traverse la ville, tout le monde prépare ses bagages, et le jour dit, une foule immense envahit la gare.

Kazuko n'a rien voulu savoir. Elle restera dans le quartier japonais de la ville mais ne s'en ira pas. Elle prépare un dernier dîner touchant de bonté, drôle dans ses éternelles variations sur l'huître. On boit même de la Tsingtao. Kazuko s'efforce d'être radieuse. Elle prend Tateru pendant tout le dîner à son côté, le serre contre elle. L'entraîne dans sa cuisine. Lui demande de l'écouter :

— Tout ce que tu feras, même les plus petites choses, ranger ta chambre, tes cailloux, ta boîte de sel, tu le feras de ton mieux. Jamais tu ne sous-estimeras ce qui te paraît futile. Une dernière chose, donne ton attention à tout, regarde les gens dans les yeux, aime-les plus fort, plus longtemps, fais attention à ce que tu portes, mange et vis…

Puis consciente qu'elle pourrait passer le reste de la nuit à bombarder Tateru de recommandations, elle arrête ses incantations, glisse sa main sous la chemisette du garçon et la pose sur le camélia…

— Sois fidèle à toi-même, voilà tout !

Kanki ferme le phare. Il éteint les moteurs un à un, range le matériel, détruit les documents administratifs. Il hésite à saboter le poste de radio, puis y renonce. Il emporte une arme de service, quelques cartouches, son livre de veille. Tateru profite de l'agitation pour glisser dans la valise familiale un petit sac en tissu lesté des six plus beaux cailloux de l'île.

Sa mère s'active mécaniquement, range la maison, la tête ailleurs, le front soucieux, dans un fatalisme souriant.

Les Chinois de la ville sont si usés par le ressentiment, l'abandon et la faim qu'ils éprouvent un soulagement incertain mêlé de fausses joies : tant de fois, on a annoncé l'arrivée de l'armée de libération. Ils sentent l'insurrection monter, une exaspération poindre. Les événements manquent de clarté. Tout devient dangereux. Ils n'osent croire encore en cet immense espoir, éprouvent une envie de révolte mais la faim rend faible, âcre. Elle pousse à bout.

Les Japonais baissent les yeux, accélèrent le pas dans les rues. Ils sont prêts. Le matin est gris. La brume envahit la ville. Qingdao offre la vision d'un cortège de valises, de baluchons, de nattes. Des animaux domestiques, des oiseaux, et parfois même un cochon. On a emporté à manger, des graines de lotus, du poulet noir froid, des boulettes de viande, des pousses de légumes.

On se bat devant les portes de la gare. On se tire par les cheveux. Des femmes crient. Des enfants cherchent une main. Les guichets sont alors fermés. Les haut-parleurs nasillent des informations contradictoires. La pluie tombe à verse. On parle de l'arrivée imminente du train. Il n'y aurait qu'une vingtaine de wagons. Puis sept. Dans la cohue, on se perd. On chaparde.

Ryu retrouve Tateru habillé comme en hiver. Ils échangent un regard incrédule. Il y a trop de bruits, de folie. Un mouvement de foule les emporte, elle brasse et porte. Ryuichi voit Keiko au loin, tente de remonter la foule pour au moins échanger un regard, jamais cependant la houle ne les réunira. On apprend alors que deux trains sont annoncés. Dans une heure. Pour le lendemain matin. Pour la nuit. Jamais les trains ne viennent.

Pendant deux jours, la colonie japonaise campe dans la gare. On affirme que les voies ont été détruites, que l'armée populaire avance, qu'elle va venir libérer la ville dans les prochaines heures. Que l'armée japonaise se replie ici même.

Les habitants s'affolent. Faut-il demander des laissez-passer ? À qui ? Toutes sortes de rumeurs courent. Les fumeries d'opium vont être fermées, les collaborateurs emprisonnés. Un soldat japonais a été retrouvé le corps atrocement mutilé. Le zoo a été ouvert ; des animaux circuleraient en ville. On aurait dépecé un zèbre. Un nourrisson pourrirait dans l'église. Peut-on déjà brûler les drapeaux japonais ?

Quelques jours plus tard, plusieurs bateaux américains sont promis pour rapatrier la colonie japonaise dans son pays natal. La foule dévale les rues du Milbo, le quartier japonais. Tateru passe devant une fumerie d'où l'on entend la dernière chanson de l'été, celle que tout le monde fredonne aux beaux jours :

Tu t'en vas
Tu ne reviens plus
Ton regard se porte vers une autre
Il ne s'attardera plus sur notre porte
Il n'attendra plus avec cette impatience
Il n'aura plus cette lumière bleutée de la nuit
Il est devenu comme froid, insensible
Il ne revient plus sur moi
Il s'en va.

Les petites rues défilent en accéléré. Blanc d'argent, blanc de plomb, jaune de Naples, les lumières se décalent. Les teintures passent du mastic au pistache. Des boutiques viennent d'être pillées. Tateru marche sur des bobines de fil abandonnées, des formulaires administratifs mêlés aux premières feuilles de l'automne. Il pense à sa tante. Kazuko est déjà loin, en route vers le sud. Elle souhaitait la chaleur d'une latitude plus clémente, des épidermes plus tendres. D'autres choses que les huîtres. Jamais elle n'a pensé revenir vers le Japon. Partir de la sorte, c'est se rebeller.

Elle avait vu ses compatriotes partir courbés vers la gare. Elle a trop honte pour son pays. Elle a voulu le garder conquérant dans sa mémoire. Ne jamais plier. Elle a emporté sur elle quelques vêtements dans un baluchon arrimé sur ses épaules. Des baguettes de cuisine, des poissons et des grenouilles séchées. Elle se fit si disgracieuse que personne ne s'est retourné sur elle.

À Qingdao, la ville se renverse. Voici venus la fin des hostilités, d'autres musiques, des chants nationaux, guère de romance. Tout en bas, le port bourdonne dans l'agitation. La police locale hésite à s'y aventurer. Les soldats américains lui délèguent le filtrage des fuyards. Il n'y aura à bord ni animaux domestiques, ni graines, ni matelas, ni tout ce fourbi qui dans les heures suivantes va envahir les quais. Chaque famille dispose de trois valises fouillées par les deux autorités. Ryuichi comprend tout de suite que tous ses films seront confisqués.

Il confie à Ryu une petite mallette en carton sec.

— Va ! Va porter ça à l'église. Et reviens vite, dépêche-toi. Ne réponds pas aux policiers et file la donner aux prêtres de la paroisse. C'est encore calme, mais presse-toi, bon sang !

Ryu se glisse dans la cohue. Il en a l'habitude. Il sait comment filer, passer vite, rapporter des plis, des billets. Se faire oublier dans la nuit, se transformer en statue. L'ombre est son alliée. Il s'y épanouit. Il en connaît la profondeur, sa fraîcheur. La lumière ne l'intéresse guère. Trop de gens s'y bousculent. Observer, traverser les épidermes, fouiller les âmes, aller au plus obscur. C'est son ivresse. Ryu a appris la vie à l'envers. Il la vit en creux. Les reliefs ne l'intéressent guère. La lune est son astre. Il aime les éclairages bleutés. Il rêve de landes dédiées à la lune, comme le sont les plages au soleil. Il en cherche les habitants.

Ryu puise toute son énergie dans les ténèbres. Pour lui, veiller est la plus belle des excitations.

Parfois, il ne comprend pas Tateru et sa fascination pour les vents. Il les juge trop abstraits. Avec eux, les bleus deviennent presque insupportables ; la vie fatigante à tant percuter les yeux. À vouloir tout prouver, tout savoir, tout dire. Pour autant, cette vision lui importe, il a besoin de Tateru, de ce miroir inversé pour mieux replonger dans son univers.

Maintenant, il goûte juste cette ivresse vertigineuse. Remonter la foule, se frotter aux regards, louvoyer, se faufiler dans le flux comme un poisson. Il se sent comme le canard sauvage, qui ne doit sa survie qu'en luttant contre les vents d'hiver. S'il ne fait que les accompagner, le froid pénètre son plumage et le tue.

L'église se rapproche avec ses deux clochers, sa masse si hautaine. Elle ne suscite ni respect agenouillé, ni regard abaissé. Au portail, on le laisse entrer. On connaît le petit Ryu puisqu'il accompagne son père pour toutes les cérémonies de mariage. Le curé revient tout juste du port. Ryu a le souffle coupé, les lèvres blanches.

— Mon père vous demande de garder cette valise. Il a peur de se faire confisquer les films. Pouvez-vous les cacher ?

Le curé connaît la chanson. Depuis quelques jours, on lui confie des chiens, des oiseaux, des grillons, des bicyclettes, des images pieuses, des crucifix en coquillages, de lourds disques en Bakélite, des coffrets verrouillés. De l'argent bien sûr. Des tableaux pitoyables, des balançoires de jardin. On lui a même proposé les services de servantes, d'aïeules, de jeunes filles. Après tout, il peut bien s'encombrer de cette mallette de films, une pièce de l'aumônerie vient d'être libérée par deux vieilles Japonaises.

— Dis à ton père que nous veillerons dessus. Rejoins-le vite, les bateaux ne vont pas tarder.

Le retour est périlleux. Des policiers chinois rançonnent les fugitifs. Le soufre tombe sur la ville de Qingdao. Les mafieux locaux réalisent que le vent tourne. Les plus perspicaces ferment boutique, se rachètent une vertu, disparaissent. Ou s'introduisent dans les navires, tentent la filière whisky. Beaucoup changent de nom. Ce n'est pas désagréable.

Ryu tombe sur un barrage hargneux. Des Chinois veulent que l'on vide les navires des butins de guerre. Ils réclament la restitution des lampadaires municipaux, les bronzes, l'argenterie, les devises, les fusils, les titres ; la viande, les alcools, tout le riz. Les forces portuaires dressent alors un rempart de barbelés et de soldats intransigeants. Ryu est écarté. Il explique sa situation. Ça ne marche pas. Il reçoit alors une gifle d'une force inouïe. Il comprend qu'il lui sera impossible d'aller plus loin. Ryu se frotte la joue, tente de s'apaiser. Il lui faudra composer à la fois avec les Chinois vindicatifs et les policiers obtus.

La tension monte d'un cran. Les navires s'apprêtent à couper les amarres. Ryuichi sent le danger pour son fils. Il a sous-estimé la vindicte, l'exaspération qui de minute en minute asphyxient le port. Un bateau est déjà parti sous les cris. Le deuxième corne tant et plus. La passerelle va bientôt être levée. La plupart des Japonais sont à bord.

On achemine encore quelques vieilles personnes cahotant dans leur propre stupeur.

Ryuichi, inquiet, revient vers la ville. Se heurte au barrage. Il appelle son fils. Hurle son nom à la foule.

Il reçoit des crachats. Un individu parvient à s'échapper du barrage. Il fonce droit sur Ryuichi pour lui donner un violent coup de poing au foie. Ryuichi est frappé, conspué. Soudain, l'homme si maigre sent des suées s'emparer de lui. On lui donne un violent coup de pied entre les jambes, Ryuichi s'écroule à terre, son front heurte les pavés du port. Le sang se met à couler. Un policier tire en l'air. Rien n'y fait.

La foule devient hystérique. Une femme écrase sa semelle sur le visage de Ryuichi comme si elle exhibait un trophée. Tout le monde se met à frapper, à vociférer, à rire très fort. Si fort. Ryuichi tente bien de se relever, mais il se sent faible, douloureux. Un nouveau coup de pied en pleine face lui fait perdre connaissance.

Un garçonnet profite de la confusion pour traverser le barrage et gagner le bateau. Il ne faut surtout pas s'attarder dans cette foule qui rugit en un cercle hargneux. Un policier a tiré en l'air. La foule hurle. Il faut faire vite, ne plus penser, ne plus parler, ni même regarder. Ryu court, halluciné. Le sang contre ses tempes, son cou, son cœur.

Il se souvient alors du secret de Tateru. Il fait appel aux amis de ce dernier pour qu'ils l'aident à courir plus vite. Il appelle les vents, leurs esprits, un à un par leurs petits noms :

— Aidez-moi ! se met-il à pleurer. Par pitié, aidez-moi !

L'air perd de sa résistance. Il trouve une soudaine élasticité. Une amplitude inattendue. Ryu se rapproche du navire. Il a tout juste la force de se retourner vers un bâtiment austère, sa silhouette carrée, solide. Il ne saura jamais pourquoi il a fixé aussi longuement la pendule, ses chiffres anthracite, les deux aiguilles qui semblent étrangler le temps. Il est 9 h 20. Cet horaire n'a plus aucun sens. Ryu garde cette ultime image de la Chine, regard aspiré par l'œil de la pendule, ses petits bras noirs ouvragés. Le continent glisse sous ses pieds. On crie partout. On entend même à nouveau un coup de feu. Puis la corne du navire, la houle des murmures et des lamentations. Le bateau grince contre les pontons comme un éléphant barrissant. C'en est fini.

Ryu est le dernier Japonais à quitter Qingdao.

En ville, règne un lourd silence comme si le port s'était transformé en tour de guet. On veut s'assurer que les navires quittent bien le rivage. On ouvre les yeux à s'en faire mal. Pour bien se souvenir de ce départ tant espéré. Ces salauds de Japonais, qu'ils crèvent avec nos lampadaires, les pendules municipales, les carnets de rationnement, les cloches de cuivre, les balances du marché aux poissons. On scrute l'horizon pour que disparaissent à jamais ces deux petits points noirs. Qu'ils se dissolvent, laissent couler le pus, les lymphes jusqu'à ce que l'eau apparaisse enfin, aussi pure que celle du mont Lao Shan.

Dans les maisons du quartier japonais se terrent, inquiets, quelques centaines d'ingénieurs et techniciens. Les premiers jours, ils dorment dans les usines, à la brasserie. Ils voudraient rejoindre le monde muet de la technique. Devenir un piston, une poulie, un carburateur. De fait, on les oublie. Le vent tourne. Il rassemble ses souffles ascendants, et les «oubliés» en sont la preuve vivante, le rappel constant.

Ryuichi gît dans son sang, le visage mutilé. Son corps lui fait affreusement mal. Il est paralysé sur le pavé du port. Peut-être est-il déjà mort. On lui a pissé dessus. On lui a enfoncé dans la gorge un petit drapeau américain réalisé à la hâte. Il se souvient encore de ces femmes arborant des morceaux de carton rayé de rouge, étoilé de bleu. Son corps gargouille. Il a fait dans son pantalon. Son dos est en bouillie. Il n'a plus de nez.

Sa tête fabrique des images. Une revient : celle de sa femme. Quelques minutes durant, il avait revécu l'un des moments les plus éprouvants de son existence, anéanti une douleur dans une autre. Dans le tourbillon des coups, cette ronde macabre, il pensait à la perte de sa femme. Cette danse dramatique des mains, l'appel espéré, l'arrachement lent, la réponse négative. Il a presque accueilli le coup de poing au foie comme un terme, la fin d'une engeance, le début d'autre chose.

Il fallait bien que quelqu'un sorte de l'inconnu et pointe du doigt ce que Ryuichi ne voulait plus. Il ne pouvait plus supporter qu'on le prive, qu'on l'arrache. Il fallait que cet homme de Qingdao le projette dans sa vie. Cet homme, et Ryuichi s'en souviendra davantage que de sa violence animale, avait le cou entouré d'une étoffe sale.

Ryuichi comprend qu'il ne lui reste qu'une chose, son fils. Il en a oublié ses films, ses trois valises ficelées, sa veste claire à soufflets, son briquet d'argent initialisé. Son appareil photo. Un 6X6 noir et ses deux yeux globulaires, sa manivelle chromée, le viseur et sa plongée magique.

En pensant à tout cela, il a voulu se caresser d'un doigt la lèvre supérieure comme à l'accoutumée. Une habitude venue d'une lointaine enfance comme pour chasser les reliefs d'une soupe miso. Comme une signature. Se rappeler l'ordre sensuel de la vie, son oralité obsédante. C'était là son credo délié, adolescent, capricieux, rebelle. Mais son bras ne répond plus. Sa main est brisée. Sa langue est en sang, sa bouche écrasée.

Le bateau s'enfonce dans son silence. Le mutisme de la ville trouve son pendant, étrange parallélisme de deux mondes qui se déchirent dans l'hébétude. Comme deux amants épuisés. Seules les machines s'activent. La cheminée fabrique ses nuages.

On n'ose plus regarder dans les yeux Qingdao ni son rivage dentelé. Puis plus rien. Même pas une ligne. Juste le mélange du ciel et de la mer. Peut-être voudrait-on disparaître ici même, rejoindre les cieux d'en dessous. Se réconcilier avec les dieux. Décider que la vie se termine sur cet écran bleu sale, se dissoudre avec ces trois maudites valises.

La mer n'a aucune conversation. Un océan de grisaille. Dans le tumulte, nul n'a brisé la branchette de pin qui garantit la longévité, l'heureux retour. Pire, ils sont sur le chemin des premières invasions mongoles avant que les vents ne les aient roulés dans la débâcle. Ils ravalent l'histoire de l'Empire.

Sur le pont tribord avant, Tateru joue avec ses cailloux préférés. Il construit un personnage d'une coquille de bernique, lui invente une histoire. Les idées entrent et sortent par bouillons. C'est sans doute l'un des rares moments de la vie où tout est possible. Moment irréel où rien ne presse. La page n'est pas bleue, elle est blanche. Tateru n'a plus que des brindilles, son camélia, ses six cailloux et la tête libre. Il se jure de retrouver un jour sa tante Kazuko. Peut-être sera-t-elle trop vieille pour lui préparer des huîtres, du riz aux crevettes séchées. C'est tout ce qui lui passe par la tête.

Sa mère le regarde vaquer à ses jeux d'enfant. C'est finalement l'une des choses les plus apaisantes qui lui reste : son Tateru. Son fils. Elle le voit comme son nouveau protecteur, sa rampe en laiton. Son mari l'inquiète. Sa blessure à la poitrine le lance depuis le départ. Il a soudainement vieilli. Elle comprend que maintenant c'est à elle de tenir la maison.

Kanki s'enferme dans un silence pénible. Plus un mot, un visage sans vie comme un voile sur le lit d'un malade. Son regard devient la dernière porte, entrouverte de temps en temps, fixe, obscur le reste de la journée. Plus de sourire. Un pays sans homme. Un phare éteint de plâtre blanc.

Sur le troisième pont du navire, un petit garçon court dans tous les sens en appelant son père.

Il interroge des connaissances. Le décrit : tout maigre en veste à soufflets, chemise jaune pâle, pantalon sombre, chaussures de cuir… Tout maigre, veste à soufflets, chemise jaune pâle, pantalon sombre, chaussures de cuir.

Il répète cette phrase comme une complainte, une prière. On l'accompagne. On pense l'avoir vu. Oui, une chemise sombre, un pantalon pâle, un monsieur maigre. Tout maigre. « Là-bas ! » Mais là-bas, il n'y a que des pères qui ne répondent pas au cri de « papa ».

Son père est-il sur l'autre bateau ? C'est inconcevable. On l'a vu, paraît-il. Oui, en veste à soufflets, chemise jaune pâle, pantalon sombre, chaussures de cuir…

On l'a vu. Oui, tout maigre. Ryu s'accroche à cette idée tout en parcourant les ponts en sens inverse. Une famille lui donne un biscuit. C'est en le mâchonnant qu'il tombe sur Tateru.

Tateru est devant lui, de dos. Il s'accroche au bastingage les yeux fermés. Ryu l'observe. Tout en se demandant comment il va lui parler. Il voudrait le prendre dans ses bras. Pleurer après tout, raconter. Mais Ryu est fasciné par l'étrange spectacle d'un Tateru en quasi-état de lévitation.

Tateru parle aux vents. Il leur offre son front, ses yeux, son nez, les oreilles, la bouche, le torse. Il est comme une proue de navire accaparée par sa mission, immobilisée dans son avancée. Il mesure l'incroyable force de ces souffles qui se réfugient dans les pavillons de ses oreilles, jouent avec sa propre respiration, envahissent le nez, se logent dans sa gorge.

— Tateru !

— Ryu !

Les deux garçons se saluent comme deux chefs d'État. Deux États qui se seraient réconciliés sans mot dire.

— J'ai perdu mon père, je… !

— Tu… Non, ne t'inquiète pas ! Il doit être sur le bateau, il ne doit pas être loin ! Viens, on va le chercher.

Tout l'après-midi, ils fouillent le navire. Plusieurs fois, ils repassent dans les mêmes endroits, interrogent les enfants, les mécaniciens. Le capitaine. Ryuichi n'est pas sur le bateau.

Ils rejoignent les parents de Tateru. Eux ne comprennent pas plus où a bien pu passer le père. Même s'il y avait un espoir qu'il soit sur l'autre bateau, cela paraît tout de même invraisemblable. Ce dernier est parti avant eux, qui sait… Après ?

Du reste, sur le bateau, étrangement baptisé *Persévérance*, on ne sait plus rien. Des hommes et des femmes sont aspirés dans la bonde du temps. Que font-ils à s'agripper à l'émail lisse de la baignoire, à glisser sans fin ?

Ryu tient la mère de Tateru par la manche. Une flanelle gris souris. Le revers de deux centimètres devient l'angle aigu de son existence. Il vient d'accélérer sa vie en quelques minutes. Huit ans, neuf ans, dix… seize, dix-huit, vingt, vingt-six, vingt-huit. Vingt-huit ans. Dorénavant, ce sera l'âge de sa vie. Vieillir ainsi d'un coup. Des cellules implosent, le cœur augmente de volume, quelque part des veinules cèdent, un caillot se crée, une tache apparaît sur le front.

Ryu reste des heures à se repasser le départ des quais. Les cris, le flot acide de la haine. La disparition de son père. Il comprend que sa vie sera courte. Qu'il faut faire vite, sinon il sera avalé comme sa mère, son père, le Japon, l'aube. L'avenir ainsi convoqué se voit éclairci. Ryu choisira la force, quittera ses ultimes fragilités. Qu'il lègue bien volontiers à Tateru. Il repère la mort à l'horizon, la calcule bien. La vie est maintenant éphémère. Il fait alors une sieste.

Pendant les quarante heures de la traversée, les passagers du *Persévérance* se préparent. Un vague pressentiment les plonge encore plus dans le désarroi. La nourriture à bord est infecte, un bouillon trouble avec du pain. A-t-on faim lorsque le dégoût plombe la tête ?

Le continent arrive vite sur le bateau. Déjà quelques-uns devancent cette confrontation. Plusieurs hommes se sont jetés à la mer pendant la traversée. Personne n'a songé à leur envoyer une bouée car ils tournaient le dos au bateau, leurs regards portaient vers l'horizon gris. Ils ont été avalés distraitement par l'océan. Les mains ne cherchaient rien, pas même à fouetter l'eau. On eût dit que ces garçons, ces hommes enfilaient un pantalon géant. Pas un cri sur le bateau. Des sanglots. La mort rôde. Elle pointe de l'index. Toi… toi… toi… toi…

Ils sautaient alors dans leurs plus beaux kimonos.

L'arrivée au port de Yokohama jette les passagers dans l'effroi. Partout des navires en fichu état. Un sous-marin gît sur le flanc. Ils en voient les hélices. Les filins sont en pelote. Ils se voient eux aussi, avec le visage des perdants, les naufragés de l'imposture.

Personne n'attend sur les quais. Juste des agents des douanes, des infirmiers, des porteurs, quelques maraudeurs. Pas un vent : les fumées montent à la verticale. L'atmosphère est sale.

Les formalités sont pénibles, répétitives. Les réfugiés passent la journée transbahutés d'un guichet à une file, d'une file à un autre bureau. On vérifie, soupèse les bagages.

Les trois valises de Kanki et Keiko ressemblent à tant d'autres. Des kimonos de cérémonie d'été et d'hiver, dont un rayé de bleu ciel ; un diplôme de l'école militaire, quatre mesures de riz, des cartes maritimes de la baie de Qingdao, le sceau de la famille, des pansements ovales, du mercurochrome, deux vestes droites *haori.*

Chacun reçoit un billet de train. Certains partent à pied, d'autres restent là, vidés de sens. Dès l'arrivée, Kanki et Keiko accompagnent Ryu pour obtenir des nouvelles de son père. Personne n'a vu Ryuichi. Il a disparu. Les parents de Tateru décident de prendre avec eux le jeune garçon. Pour faciliter les choses, décrocher un laissez-passer rouge foncé, ils le déclarent comme un cousin.

À chaque nouveau visage, Ryu pose son éternelle question : une veste à soufflets, une chemise jaune pâle, pantalon sombre, des chaussures de cuir. Un homme si maigre. Mon papa, Ryuichi, le photographe de la plage de Qingdao. On rassure Ryu. Il sera resté à terre, il aura été empêché, il aura rejoint la mission, on aura de ses nouvelles. Il ne faut pas s'inquiéter. C'est vrai, pense Ryu, pourquoi se tourmenter, mon père est malin, il me retrouvera. Nous lui écrirons. Ryu s'endort dans le train en tenant la manche de la veste de Keiko.

Le voyage n'en finit pas. Le réseau ferroviaire japonais est en morceaux. Parfois, le train s'arrête en rase campagne. Il faut descendre, constater la disparition d'un pont, l'affaissement, l'éclipse de la voie ferrée. Il faut attendre l'arrivée des camions et rejoindre le *Nakasendo*, la vieille route du Japon central, miraculeusement oubliée par la guerre. Ryu, Tateru et ses parents dorment dans des gares, transitent par des autocars, des camions débâchés à travers des champs de scabioses. La halte à Tokyo est effrayante. La ville n'est que ruines, rats et désespérés. C'est pire qu'une fin du monde. Car ce monde perdure dans une odeur pestilentielle. Rien à manger. Plus rien à boire. Certains n'en pouvant plus se mettent à boire l'eau boueuse des flaques.

Tokyo se demande pourquoi on la laisse crever ainsi. Pourquoi on ne la supprime pas à tout jamais. Il ne reste qu'une dizaine de bâtiments à Tokyo.

Trois jours plus tard, ils arrivent à Karuizawa, dans la montagne. Kanki nourrit un espoir mince : retrouver sa famille. Ce village est un drôle d'endroit. Il n'existait pas lorsqu'un pasteur anglais s'y égara au début du XIXe siècle. Les brouillards y étaient si bien tissés qu'il pensait y retrouver les lumières épaisses de son Londres natal. Il réunit et éleva quelques ouailles sur les pentes sylvestres de ce lieu. Ce qui n'était qu'arpents de pins, de cèdres et de bouleaux devint une authentique colonie. On y croisait des Russes, des Allemands, des Anglais et bien entendu quelques Japonais. Ceux-ci s'arrangèrent très vite de ces mœurs singulières.

Ils adoptèrent, la bouche pleine, les saveurs des pirojki, des blinis, des pancakes, du samovar et du thé de Darjeeling. Voyant le succès de l'implantation, la congrégation catholique délégua un curé portugais. Il fut tout de suite adopté. Non seulement pour sa grande taille – il donnait l'impression de «protéger» réellement – mais également pour ses mariages avec les textes en latin – il était si doux de promettre ce que l'on ne comprenait pas –, la robe de mariée, l'échange des anneaux, le cortège et l'harmonium. Il construisit une chapelle taillée comme un tipi.

Karuizawa est une sorte de petit paradis. Les oiseaux y trouvent asile. Certains portent le nom de «wreh». Tateru se souvient encore de la curieuse arrivée dans la maison familiale située en bordure de la rue principale. Ils étaient là, tous les quatre, sales, épuisés, assoiffés. Des fantômes qu'on aurait pu confondre avec des ruines, un fossé. Seules leurs valises poussiéreuses leur conféraient une dimension humaine.

Kanki retrouve vite sa maison natale. On fait sonner le carillon. Après un long moment, quelqu'un ouvre la porte. C'est sa mère. Une toute petite femme maigrelette au regard vif. Elle salue ces visiteurs sans les reconnaître. On échange les saluts successivement sans que le flottement se dissipe.

Kanki qui n'a pas ouvert la bouche depuis le départ prononce enfin un mot avec une voix douce, une voix d'adolescent.

— *Ōkasan*[1] !

1. «Maman!»

Elle le regarde avec stupeur.

Qu'a-t-on fait de son Kanki ? Son visage harmonieux est devenu comme taillé au marteau, recomposé au rouleau à pâtisserie. Elle ne reconnaît rien de ses traits qu'elle avait tant invoqués dans ses songes, ses prières. Elle savait par cœur l'arrondi de sa nuque, son départ soyeux, la naissance du cou. Elle aurait pu sculpter ce visage avec la seule mémoire de ses doigts.

Elle ne reconnaît que la voix de son fils, des lueurs du regard, le mouvement si particulier que Kanki a pour saluer. Il l'effectue toujours en présentant l'épaule droite en avant, comme s'il voulait tracer une virgule. De nombreuses fois elle l'avait repris, mais à quoi bon, Kanki était têtu.

Souvent, il restait sous la pluie. Juste pour prouver qu'il ne souhaitait pas faire comme tout le monde. Il répugnait tout simplement à rejoindre les autres. Alors, il s'éternisait dehors avec un contentement radieux.

Kanki était alors insouciant et ne faisait que peu de cas des autres. Comme tous les jeunes hommes, il fut enrôlé dans l'armée. Il se souvient encore du bureau aménagé à la police locale. Il fut frappé par la table en bois si sombre qu'elle emplissait la pièce de son élégance abrupte. On ne voyait qu'elle. On aurait pu y signer n'importe quoi. Elle avait été réalisée avec des troncs de cerisier et, pendant qu'il remplissait les papiers, il n'avait eu de cesse de pétrir le bois. Sans doute parce que ce bois était si tendre, si juteux dans sa noirceur. Il ressemblait à ceux de son enfance, à la touffeur des forêts, de la tourbe. Il se maria à la hâte lorsque la guerre commençait à gronder et Tateru à pousser dans le ventre de Keiko. À cette époque, il n'était nullement besoin de réfléchir, le devoir était comme une rigole. On y glissait sans fin.

Le départ fut navrant parce qu'on ne sait jamais comment s'y prendre dans ces circonstances. Les larmes arrivent n'importe quand, une sotte dignité les chasse. Les mots manquent. Les regards s'attardent sur des détails saugrenus, les pensées se heurtent, les mains ne savent plus qu'il faut saisir, agripper. La tête se retourne sur un appel. Il fait toujours trop chaud, les vêtements ne sont pas les bons. Les uniformes, trop rêches, sentent l'armoire. Ils sont trop neufs. Il se souvient d'une seule chose : l'odeur des cheveux de son épouse, peignés avec de l'huile de camélia.

— Kanki ! Keiko et lui, c'est…

— Ryu, le fils d'un ami, mais voici notre fils Tateru, ton petit-fils !

— Entrez vite !

Ils parlent tour à tour. Tentent de résumer sept années de séparation. Le train, le petit colis que Kanki oublia, sa chambre gardée intacte, la chaudière, la petite île de Qingdao, Kazuko partie dans le lointain. Tokyo, Tokyo, notre Tokyo réduite en cendres. La guerre.

Parfois des anecdotes fusent comme si elles ne supportaient plus d'attendre.

— Te souviens-tu, Kanki, du prix ahurissant de ton uniforme ?!

— Oh, que oui : 800 000 yens, toutes les économies de la maison y sont passées. C'était encore plus cher qu'une robe de mariée !

On boit jusqu'à tard du thé anglais avec des biscuits à la tendre mollesse, tièdes comme la bouche.

Le lendemain, Kanki se présente aux autorités pour demander une affectation locale. Le commandant de la place le connaît bien. Ce sont deux amis d'enfance.

— Mon pauvre, que t'ont-ils fait ?

— La guerre.

Ils répètent ce mot comme l'on enfonce une bêche dans la terre. Ils ont cette façon si propre aux Japonais de prononcer plusieurs fois le même mot comme pour le décortiquer, lui retirer ses pelures. Comme une ritournelle mélancolique, lorsque l'écho mange le son, le déshabille, le met à nu.

Kanki n'a pas envie de la raconter pour autant. Et pourquoi pas sortir les bistouris, les tripes, les vomis, le sang, les saloperies ? Cette complaisance aigre, cet éloignement vicieux qui voudraient nous réunir dans une souffrance commune. Souvent par la suite, on lui demanda de raconter. Alors, il répondait avec un air narquois qui semblait annoncer un récit gothique :

— La guerre.

On lui en voulut. Bien entendu. Comme à tous ces Japonais qui se refusaient à décrire Hiroshima, l'horreur et le déshonneur.

— Quand je me suis retrouvé sur le lit d'hôpital avec le regard effaré des visiteurs, j'ai pensé aux paroles du samouraï… Elles me revenaient sans arrêt. Tu t'en souviens ?

— « Dans le doute… »

— Oui, c'est cela : « Dans le doute si l'on doit manger ou non, il vaut mieux se refréner. Quand on est incapable de décider si l'on doit vivre ou mourir, mieux vaut mourir. » J'en étais à ce point mais la proche naissance de mon fils m'a retenu. Aujourd'hui, je ne sais plus ce qui me retient. Tateru est étonnamment grand, ma femme s'est suffisamment sacrifiée. J'ai l'impression que mon nom, que je meure, que je vive, n'a plus aucune signification. Je n'ai plus de raison. Je ne saurais me réjouir d'être vivant.

Kanki a par chance déjà trop signé les formulaires. Son enrôlement dans l'armée n'est pas près de se terminer. Son invalidité lui interdit tout déplacement et toute activité pénible.

— Que faisais-tu à Qingdao, Kanki ?

— Gardien du phare.

— Le gardien du phare… le gardien du phare. Y a-t-il quelque chose que tu aimerais surveiller ici ?

— Oui… puis-je me permettre de le dire sans que tu te moques ?

— Kanki, tu as beaucoup donné à l'Empire, il te doit bien ça…

Kanki marque un temps.

— Je veux surveiller… la table en cerisier.

— Humm, c'est envisageable. Est-ce que cela te pose un problème si l'on met dessus quelques papiers et des tampons ?

— Pas le moins du monde.

Ryu et Tateru passent les jours suivants à nettoyer une habitation de bois destinée à la famille. Elle est située dans le jardin semblable à une maison de poupée. Elle sent le moisi, la fougère, l'animal. Malgré les pilotis qui la dégagent du sol, l'humidité imprègne les murs. Après une journée de grand soleil et de ménage énergique, les choses s'améliorent. Le lendemain, on pourra y dormir. On récure les éviers, gratte la baignoire en bois de hinoki, désherbe les soubassements. Laisser l'air entrer à gros volumes, Tateru y veille tout particulièrement.

Parfois Ryu interrompt un mouvement.

— Il est mort !

— S'il était mort, répond Tateru, tu le sentirais. Tu ne le chercherais pas. Il doit être encore en vie parce qu'il tourne autour de toi sans arrêt.

Les parents de Tateru adressèrent une lettre à la mission catholique de Qingdao pour s'alarmer du sort de Ryuichi et indiquer la nouvelle adresse de Ryu.

Parfois Ryu demandait à Keiko de lui parler de son père.

— Tu sais, Ryu, ton papa est sans doute l'une des personnes les plus connues de Qingdao. S'il avait disparu, on l'aurait tout de suite su. Car il était aussi familier que les deux clochers de l'église, le ponton du bord de mer. Il sera resté là-bas, par malchance. En attendant de nous rejoindre, il reprendra ses photos au bord de la plage. Il pense probablement très fort à toi car tu lui es indispensable. À vous voir tous les deux, je savais que tu étais plus qu'un fils, son ami, son complice. Tu sais pourquoi je dis cela? C'était dans son regard. Je crois bien, je suis sûre que tu es le seul auquel il adresse un tel sourire. C'est drôle d'ailleurs, dans ces moments-là, il te ressemble incroyablement, ce côté si tendre...

Keiko éprouve une émotion trouble à parler de Ryuichi. C'est une façon de communiquer avec cet homme si éloigné d'elle. Elle avait bien senti son regard si pénétrant, plein de désir. Il y a en elle une lucidité toute fraîche qui lui fait percer dans l'instant les intentions de ceux qui l'approchent.

Elle s'en sert si peu qu'elle est encore intacte comme un compas neuf, tournant avec agilité, la pointe rigoureuse, le trait exact, d'une précision troublante. Elle est consciente de l'attirance qu'elle inspire à cet homme. L'éprouvait-elle aussi? Son corps n'avait pas la parole. Seule sa tête régissait. Elle avait promis fidélité à Kanki. Lorsqu'elle l'avait vu sur son lit d'hôpital saucissonné comme une momie. Elle s'était juré de ne jamais l'abandonner. Cette promesse lui procurait en retour une force sereine. Et en même temps, cette lucidité si vive.

Parler de Ryuichi lui permettait de se rapprocher de lui, de le rejoindre sur la plage, de le décrire dans ses vêtements, ses rires et de l'imiter dans ses injonctions pittoresques…

— Souris ! Pense à ta fiancée. Redresse les épaules, dégage la poitrine, respire ! Ouvre les yeux ! Ne me regarde pas ! Arrête de penser à Dieu !

Rien de plus mystérieux qu'un lichen. On a vite fait de le classer comme une funeste moisissure. En fait, il se nourrit de chlorophylle et de tas de molécules qu'il génère pour lui-même. C'est un drôle de champignon. On dit même que c'est le champignon qui aurait inventé l'agriculture. Sa présence témoigne de la qualité de l'air. À Karuizawa, les arbres en sont marbrés. C'est un océan qui aurait basculé la tête à l'envers, baladant ses algues comme des cheveux.

Tateru trouve vite ses marques. Avec Ryu, ils s'initient à l'art de la barre fixe. Elle est là plantée dans le jardin, comme un idéogramme. Tous deux sous les conseils de Keiko débutent avec application. En quelques semaines, ils sont capables de faire des soleils et ce, de façon synchrone. La maison prend des couleurs. Pour la première fois de sa vie, la mère de Kanki se surprend à sourire sans aucune raison. La maison retrouve sa dimension, sa nature. Mieux encore, on sent de façon palpable le riz, dans son odeur crémée, lente, prenante. Il donne presque sa texture à l'air.

Les mois passent. Toujours pas de nouvelles de Ryuichi. Pourtant la mission doit bien avoir reçu la lettre. Rien. Ce silence rend Ryu instable. Parfois, il tombe dans un long chagrin. Il faut toute la tendresse de Keiko pour le ramener au calme.

Kanki devient impénétrable. Seule sa table en cerisier lui arrache quelque gaieté. Sa mère a du mal à lui soutirer des phrases, des mots. Mais tant que Kanki, chaque matin, se rase le crâne, se parfume le chignon, se coupe les ongles des mains et des pieds, les ponce et les polit à l'herbe koganegusa, la famille est rassurée.

Depuis quelque temps, Kanki se met du rouge sur les joues. Il ne veut surtout pas paraître abattu. Même lorsqu'il a trop bu la veille, il veut sauver les apparences. Il vit alors dans la hantise de la mort. Il pressent qu'elle arrivera par surprise. Combien de fois il se réveille en pleine nuit le cœur en déroute, la bouche sèche, l'âme en vertige.

Au commissariat, sa table est placée dans un coin de la salle principale. La tâche de Kanki consiste à tenir la main courante. Il ne se passe pas grand-chose à Karuizawa. Parfois, la disparition d'un animal domestique (avertir les policiers du district), des étals de magasin pillés par les singes venus de la forêt (envoyer une patrouille), une chute de cycliste (alerter les proches, vérifier son admission au dispensaire), le feu dans un appentis (s'assurer que tout est bien circonscrit), des personnes ayant perdu leur raison et leur chemin (les accompagner à l'hôpital, localiser les proches), un objet abandonné (lui attribuer un numéro, l'enregistrer dans le cahier), une visite dénuée de sens (écouter avec une honnête perplexité). Tout cela emplit un immense registre. Et une bonne journée.

Kanki profite de ce confort administratif pour adresser un message officiel aux autorités de Qingdao concernant le père de Ryu. La réponse sera évasive. Le recensement des Japonais présents là-bas est difficile. Les nouvelles autorités ont déjà beaucoup de mal à réorganiser la ville. En fait, elles ne connaissent pas de Ryuichi. Les vents semblent ne plus porter les messages. Et pour tout dire, on se contrefiche de ces salauds de Japonais.

Qu'ils crèvent, qu'ils s'excusent !

Un beau matin de printemps, les deux garçons disparaissent. On attend la journée, pensant qu'ils sont partis jouer dans les bois. Le soir, il n'y a pas plus de Ryu et de Tateru que d'anchois séchés dans le riz du dîner. On parcourt les bois en les appelant. Rien.

Kanki retourne au commissariat. Il explique la situation à ses collègues. Des patrouilles sont envoyées sur les six chemins qui mènent à la bourgade. À la maison, Keiko et la mère de Kanki s'installent dehors, scrutant la lisière du bois comme si les garçons allaient revenir d'un instant à l'autre. Mais ils ne reviennent pas.

C'est au beau milieu de la nuit qu'une patrouille les retrouve sur la route de Nagano.

Un agent de police écrit dans son rapport :

Les deux garçonnets ne nous remarquèrent même pas. Ils marchaient d'un pas décidé avec chacun un gros manteau sur les épaules. Ils n'ont pas été le moins du monde étonnés lorsque nous leur avons demandé ce qu'ils comptaient faire ainsi. Ils répondirent sans aucun embarras. Ils voulaient rejoindre le port le plus proche. Nous leur avons rappelé qu'il faudrait bien un mois de marche pour gagner la côte. Ce qui ne les troubla nullement. Ils s'apprêtaient à reprendre leur expédition. Nous avons dû les prier de faire demi-tour et de renoncer à ce projet irréalisable sur des routes dangereuses pour deux jeunes garçons. Ils risquaient de rencontrer les bêtes sauvages de la forêt, les maraudeurs et le froid de la nuit. Ils semblaient très à l'aise et chacun avait toujours une réponse. Leur tranquillité nous permit une discussion franche et très ouverte.

Finalement, ils nous ont fait part de leur but : atteindre le port d'Osaka, prendre un bateau pour la Chine. Ils nous expliquèrent que le père de l'un d'entre eux était resté là-bas. Ils voulaient le retrouver. Puis revenir. L'affaire de quelques semaines. Nous fûmes intrigués par une boîte en bois que l'un d'entre eux portait sous son bras.

Il ne fit aucune résistance pour l'ouvrir. À notre grande surprise, il y avait dedans de menues pièces de monnaie, quatre biscuits, une bougie, un livre de géographie et six galets. Après leur avoir promis de les aider, mais d'une autre manière, ils acceptèrent de monter dans la voiture municipale. Après enregistrement des faits, ils ont été remis à leurs parents à 8 heures du matin. Dossier clos.

« Dossier clos. » S'ils avaient lu ce rapport, Tateru et Ryu n'auraient pas ri. S'ils avaient dû raconter dans leur langue ce qui s'était passé, il y aurait eu d'autres mots. Les enfants, bien que les adultes l'ignorent, ont plusieurs langages. Ils sont multilingues avant que le monde ne leur demande de grimper l'échelle de la bravoure sociale, ne les diplôme. Ils savent parler à leurs semblables, aux adultes, aux chats, aux objets, aux policiers, aux chiens, aux voisins. Aux vents. Ils voltigent d'une langue à l'autre avec cette souplesse que l'on attribue à l'innocence. Par inadvertance vous les surprenez dans un vocabulaire de charretier. Ils ne vous avaient pas vus.

Jamais ils ne diront la nuit. Le vent qui les accompagnait. Les bourrasques qui vinrent jouer des claquettes avec eux. Il y avait le chemin, la nuit, le vent et sa grande bouche. Parfois, on pouvait comprendre ses mots feulés, vraqués, son ramdam de voyelles et de consonnes, mêlant les stridences de nouveau-né et les basses de vieillard courroucé.

Au début, le voyage fut tellement lent, pénible. La ville ne les quittait pas assez rapidement. Les lumières restaient toujours collées à leurs semelles. Puis les vents sont venus. Ils ont rigolé avec eux, dansé, mugi, fait valdinguer. Tout le monde riait.

Le vent courait comme un chien fou, s'impatientait, partait en ruades. Il aurait voulu faire plus. Apporter du givre, immobiliser un arbuste, transformer les balustres d'un pont en une couronne de princesse, créer des étoiles, des pirouettes. Offrir un toit. Il voulait jongler avec la nuit, la bouleverser, la balancer dans la verticalité, la chatouiller.

— Alors ?! s'écria Tateru.

— Alors quoi ?

— Les vents, les sens-tu cette fois-ci ?

— Un peu.

— Non, pas un peu, ils sont là dans ton dos !

— C'est vrai que là, ils poussent un peu !

— Pas qu'un peu !!!

Au petit matin, ils étaient ivres de la nuit et se déchaussèrent au pied d'un acacia. Leurs visages en amande souriaient dans l'oraison de la fuite.

Kanki administra une raclée aux deux garçons. Keiko et sa belle-mère ne regardèrent pas la scène. Kanki criait fort, singeait la colère, mais ses coups étaient prodigués sans force. La maisonnée resta calme et douloureuse, le riz triste et amer, les garçons privés de sortie.

Le Japon semble être au plus bas. Pourtant, il est pris d'une incroyable vivacité. Tout à coup, les Japonais se mettent à tourner comme des toupies, à défier la modernité, à foncer droit devant comme effrayés par une époque maudite. Les industries se mettent à rotativer de façon phénoménale alors que l'Occident accuse le contrecoup des années de privation. L'heure est à un relâchement hédoniste pendant que le Japon se hisse hors de la tombe à la force des bras. Les villes se redressent, les ingénieurs fusent vers l'informatique et la miniaturisation. On se croit à l'ère Meiji (1868-1912) et sa sidérante impulsion. Le Japon avait alors décidé de quitter l'ancien système féodal, de devancer les intrusions étrangères et de restaurer en même temps le pouvoir impérial.

Quelle civilisation millénaire a pu décréter la modernité en envoyant des émissaires de par le monde afin de s'interroger sur l'excellence de chaque pays? L'éducation en Grande-Bretagne, la banque aux États-Unis, l'administration en Allemagne. La cuisine en France, la philatélie à Monaco, le base-ball à Chicago. En 1880, dans les classes enfantines, on scande une comptine en faisant rebondir un ballon. On l'appelle la « chanson au ballon de la civilisation ». Elle énumère les précieuses inventions occidentales : la locomotive, le bec de gaz, l'appareil photographique, le paratonnerre, les journaux, les écoles, le système postal, le bateau à vapeur, le télégraphe…

« Lorsque mon maître est devant, glisse-t-on à celui qui reproche ce mimétisme, je monte sur ses épaules. » Pendant ce temps, l'Europe se pâme devant les idéogrammes japonais frappés sur les caisses à thé embarquées à Yokohama.

Ryu va mieux. Il voit plus clair. La fugue, la colère de Kanki lui ont fait un bien fou. Il sait qu'il faut composer avec cette absence. Son père n'est plus là. Il est ailleurs : mort, seul, vivant, loin. Cela veut dire la même chose. Ryu n'est plus ce garçon épiant la vie par son soupirail. Il voit tout à présent. Comprend tout. Sait ce qu'il veut. Tenter au moins de retrouver son père ne serait-ce qu'un instant, s'assurer du soufflet de la veste, du jaune pâle de la chemise, de sa maigreur fébrile. Pour passer à autre chose. La vie étant éphémère, il boit pour la première fois une bière d'un trait.

Lorsqu'il fait le soleil sur la barre fixe, Tateru sait qu'il peut rejoindre ses amis de l'océan. Il reconstitue au gré de la vitesse les vents de la haute mer, de l'île, de la ville, de la boîte à biscuits. Sa mère tente de le refréner. Il va s'arracher la paume des mains. Il la regarde dans l'accélération, comme dans un tube irisé. Elle y figure pareille à une traînée pourpre et brune, mêlée des verts de la végétation, du bleu du ciel, du noir mauve de l'intérieur de ses paupières.

En cet été 1948, Tateru et Ryu bénéficient de longues vacances. La nouvelle école de Karuizawa va bientôt ouvrir, non loin de la gare. Ryu est apaisé.

Parfois, Tateru part seul dans la forêt. Il cherche un peu de tout. Il n'y a pas plus moderne qu'une forêt. Lorsqu'on s'y assied, tout peut y arriver. Une fourmi marchant à l'envers, un champignon bleuté, un écureuil rêveur, un petit raton affairé, une trace de pas, l'empreinte d'un marcassin.

Tateru vient cueillir ses vents. Non loin de l'allée cavalière, une dépression du sol procure un fascinant va-et-vient de courants d'air. En se mettant sur les genoux, recroquevillé comme un lapin, il arrive à collecter plus de cinq souffles. Il suffit d'obliquer très légèrement l'épaule, de positionner l'oreille et les nasaux. Au début, Tateru n'était qu'écoute et timidité.

Puis il ose.

— Bunsô?

Alors un souffle lui apporte une odeur de chèvrefeuille.

— Jochô?

Un soupir lui présente une odeur d'arbre d'agrumes.

— Hitonari?

Une bouffée de lierres sauvages imprègne son visage.

— Kure ?!

Une odeur de chair faisandée lui arrive d'un sous-bois ombragé.

— Kida ?

Feuilles mortes de chêne.

— Hitonari ?!

Senteurs de ferme.

— Jiro…

Effluves désolants de ses chaussures.

Il est accroupi, le visage collé au sol, lorsqu'il entend un cavalier.

Pas n'importe quel cavalier. Celui-ci est impressionnant sur son cheval blanc. Il a une belle prestance, arbore un uniforme de militaire. Il trotte avec désinvolture, l'air absent. Il s'arrête.

Tateru se retourne. Regarde le militaire et sa moustache, ses lunettes cerclées, quelques points de beauté sur le visage.

— Que faites-vous, garçon ?

— Euh…

— Oui, que faites-vous, donc ?

— Euh… Eh bien, c'est simple, j'essaie de trouver les vents d'ici…

— Les vents d'ici ?

— Oui, les vents qui sont là…

— Il n'y a pas de vents, garçon !

— Mais si ! Ne les sentez-vous pas… au moins dans les oreilles… dans le revers de votre grande casquette.

— Non. Ici, il n'y a rien. C'est calme. C'est une forêt. Où allez-vous trouver de telles idées, garçon ?

— Ben, je ne sais pas, c'est juste ce que je sens.

— Comment t'appelles-tu ?

— Tateru !

— *Ahso*[1]. À bientôt Tateru, bons vents !

Quelques jours s'écoulent et le même cavalier repasse sensiblement au même endroit.

— Tateru !

— Oui, monsieur…

— Tu sais, je me suis renseigné sur les vents dont tu me parles. Ce ne sont pas des vents. Ce sont des courants d'air.

— Appelez ça comme vous voulez, mais pour moi, c'est de la même famille. Il n'y a pas de petits vents. Un vent est un vent.

— J'ai appris autre chose.

— Ah bon ?

— J'ai lu dans un livre que les vents ont une couleur, le savais-tu ?

Tateru regarde cet homme avec une curiosité redoublée. Pour une fois, une grande personne l'intéresse vivement. Le cavalier, tout en restant sur sa monture, énonce cette classification inattendue. Selon lui, comme il existe des aubes rouges, des horizons verdâtres, ou laiteux, des petits matins gris, des lunes rousses, des crépuscules roses, il est possible de définir la coloration des

1. « Ah oui ? »

vents. L'homme à cheval parle avec vigueur et précision.

— Les vents du soleil levant frais sont de couleur brune alors qu'ils sont roux lorsqu'il s'agit de ceux du soleil levant chaud. Ceux qui apportent la pluie et les nuages correspondent évidemment au gris alors que le blanc leur convient lorsqu'ils sont chauds et humides. On retiendra le noir enfin pour les vents froids et impétueux.

— Ça, c'est drôlement passionnant ! Vous en savez, d'autres histoires sur les vents ?

— Je me renseignerai. Et toi, quels vents as-tu trouvés dans ce petit vallon ?

— Euh… Cela ne vous dira rien. Il s'agit de vents minuscules, comme celui qui se glisse entre les jambes de votre cheval. Celui-là, je l'ai appelé Bunsô, il est frotté non loin de là à du chèvrefeuille. Et celui qui longe votre casquette, c'est Kure, vous le sentez ?

Le cavalier respire vivement.

— Non, pas comme ça, vous troublez le vent en aspirant si fort. Faites-le doucement, aussi doucement que ce vent avance. Sentez juste avec le bout du nez.

Le cavalier suit le conseil. Son nez se plisse comme s'il cherchait à s'allonger. Il éternue.

— Ah, fait-il, c'est un présage !

— …

— Tu sais, on m'a dit que sur les îles de Goto au nord-ouest de Kyushu, celui qui éternue ne peut parler le même jour à son seigneur !…

Mais ça, c'est tout de même une drôle d'odeur, ça foxe un peu, non ?

— Ça chlingue, vous voulez dire ? Ce doit être un gibier qui pourrit un peu plus haut…

— *Ahso*… Tu en es sûr ?

— Ah, ça oui, bien sûr que oui !

— Tu sais, garçon, même si tu es persuadé d'une chose, fais en sorte que le doute l'enveloppe. J'ai appris cela dans ma vie.

— Parce que c'est quoi votre métier ?

— Hummm… Militaire !

— Comme mon papa ! D'ailleurs, vous me rappelez tous ces militaires que l'on voit dans les journaux. Pourquoi se ressemblent-ils tous ? Pourquoi ressemblent-ils tant à l'Empereur ?

— Cela, on ne le sait qu'après. Maintenant que la guerre est finie, ils vont ressembler à autre chose ! À bientôt, Tateru, j'essaierai de te trouver d'autres histoires.

Les jours dans la petite maison s'écoulent comme s'ils n'avançaient plus. Kanki reste sur la terrasse de bois à contempler les peupliers. C'est à se demander s'il ne va pas finir par leur ressembler. Déjà, il porte une veste dans les mêmes teintes gris et blanc, bordée de beige. Au demeurant, les habitants de Karuizawa s'habillent de la sorte, comme s'il y avait un hymne local des couleurs : marron, beige, grège. Une approche de caméléon comme pour mieux adhérer à la nature ambiante, aux marrons glacés, la spécialité des pâtisseries. Jamais de couleurs vives.

Kanki ne réagit plus à rien. Tout juste un étonnement sur son visage lorsqu'on lui apprend que l'Empereur Hirohito vient de temps à autre se reposer à Karuizawa.

Kanki et l'Empereur ont un point commun. Leur vie aurait dû s'arrêter, le 15 août 1945, le jour de l'abdication du Japon. Il était midi.

Pourquoi ne se sont-ils pas tués à l'instant? Comment des millions de Japonais ne se sont-ils pas fait hara-kiri? Le pays aurait dû disparaître et devenir le théâtre de «la mort honorable de cent millions d'hommes».

Ce jour-là, les rues étaient habitées par un calme extraordinaire, comme si le pays suffoquait. Des commerçants avaient sorti leur épée japonaise de leur fourreau. Ils la contemplaient fixement. Le pays était au garde-à-vous devant les postes de radio. Debout, les yeux baissés. On venait de leur kidnapper le ciel, les vents s'étaient cachés. On leur volait l'Empereur.

«Une radiodiffusion de la plus haute importance, scandait le speaker de NHK, est sur le point de commencer. Que tous les auditeurs veuillent bien se lever.» Il y eut alors un silence. Puis l'hymne national, *Kimigayo*, retentit : «Sa Majesté l'Empereur va à présent lire sa proclamation impériale au peuple du Japon. Nous vous transmettons respectueusement sa voix.»

On plaça avec précaution le disque du discours sur la platine : «Nous sommes douloureusement conscients des sentiments qui sont aujourd'hui les vôtres, vous, Nos sujets. Cependant, Nous avons décidé, en accord avec les décrets du sort et du temps présent, de paver la route vers une grande paix pour les générations à venir en endurant l'intolérable et en supportant l'insupportable.»

Personne ne sut alors que les studios de NHK vibraient encore d'une tentative de putsch des plus rocambolesques. Elle était dirigée par le commandant Hatanaka et le capitaine Shigerato Uehara, de l'École de l'air. Alors que Tokyo courbait les épaules sous le coup d'une alerte aérienne, eux firent prisonnier le personnel des locaux du NHK et voulurent neutraliser le disque du discours de l'Empereur.

Des officiers rebelles coupèrent les lignes télégraphiques du palais. L'affolement s'emparait de la place. Il fallait dans la hâte choisir son camp. Des têtes furent tranchées, des dignitaires assassinés avant même que le doute n'eût brouillé leur regard. On sonnait à la porte. Il fallait être debout dans ses certitudes. Au petit matin, alors que ses chambellans étaient molestés, l'Empereur dormait encore. Certains généraux s'étaient fait une raison. L'Empereur allait capituler. Il fallait en finir. Se préparer à la délivrance, faire seppuku, laisser son cérémonial vous envelopper. Boire une dernière tasse de saké, rédiger un poème.

Le dernier.

Le général Korechika Anami écrivit :

Ayant savouré la profonde bienveillance de l'Empereur, je n'ai plus rien à dire.

Il écrivit encore sur un autre parchemin :

Je demande pardon pour mon crime suprême
En me donnant ainsi la mort.

Et au verso de cette même feuille, cette ultime pensée :

Je crois à l'indestructibilité sacrée du Japon.

Lorsque la mort est ainsi convoquée, il ne s'agit pas de la laisser vaquer impunément. Elle est reçue avec égard. Elle doit patienter. Il faut l'emballer, la catapulter. L'éventrer.

Le seppuku respecte un code. Trouver un lieu légèrement surélevé (36 shaku[1]), y placer un coussin blanc d'environ 1,32 mètre au carré, lui-même placé sur deux tatamis (aux bords blancs), formant un T.

Même dans la hâte et la douleur de la résolution, il ne s'agit pas d'oublier les perches et leurs banderoles ; celles-là mêmes qui seront placées dans la tombe. La pénombre est souhaitée. Mais jamais de nuit noire. Il suffit de poster deux lampes sur des vases.

Le général Anami ne devait pas être le seul ce matin du 15 août à consentir ce sacrifice. D'autres encore s'étaient probablement accroupis de la sorte, les jambes repliées comme s'ils enserraient un oiseau dans le creux de l'aine. Ouvrir la tunique, la dégrafer, poser la pointe de la lame quelques centimètres au-dessus du nombril légèrement à gauche. Inciser, puis la plonger lentement.

1. Dix mètres environ.

Il se produit alors une sorte de fascination pour le sang qui commence à perler, puis à inonder les vêtements, le futon. La lame ouvre une porte. On ne saurait la claquer, ni l'enfoncer avec trop de véhémence. Elle s'introduit lentement dans le ventre. Deux mains sont nécessaires. Survient alors un immense malaise mêlé de joie noire. L'estomac se soulève, se révolte. Il repousse la lame de son élasticité.

Elle perfore maintenant. Elle a sombré dans l'irrémédiable, dans l'ivresse écarlate. La douleur arrive comme un vent d'hiver. Elle glisse par nappes, soulève le cœur, fait sonner les oreilles, osciller les épaules. Le regard se perd dans l'effroi. Il s'encave, retrouve des innocences insoupçonnées, des fixités d'oiseau de proie. Il perçoit l'obsession du désastre. Maintenant chaque fois que le cœur bat, il envoie des vagues de sang. La gorge gémit. La bouche refrène des vomissements. La mort est proche.

Elle illumine. On ne respire plus. La souffrance s'est installée. Les mains continuent de pourfendre. Le sabre est dans la verticale. Le corps commence à vaciller. Il bascule vers l'avant.

C'est alors qu'à côté, un intime s'empare d'un sabre. Il fend l'air et dans un sifflement fait voler la tête de la victime.

S'agit-il de garder un peu de dignité dans ces instants pourpres :

Lorsqu'un homme parvient au seuil de la mort, lit-on dans le manuel du Hagakure, *et qu'il perd le contrôle de lui-même, il lui arrive de se jeter au sol et de ramper en tous sens, il est fréquent que des dommages s'ensuivent lorsque vient le moment de lui trancher le cou. Dans un tel cas, il est préférable d'attendre un peu et de rassembler toutes ses forces pour rester calme et déterminé afin de ne pas manquer son coup lorsque la lame tombe.*

Kanki avait encore dans les oreilles cette voix incroyablement triste, comme fendillée. Personne ne comprit vraiment le discours de l'Empereur Hirohito. Il parlait son langage à lui, une langue d'un autre temps que le peuple ne connaissait point. Un speaker dut traduire en mots de tous les jours. Depuis lors, une saisissante mise en scène a escamoté l'Empereur, lui épargnant l'humiliation des condamnations.

Une directive adressée au général MacArthur par le comité de coordination gouvernement/marine/guerre, s'attache à définir la « préservation du système impérial ». « Une attaque directe, est-il recommandé, contre le système impérial affaiblirait les éléments démocratiques et, au contraire, renforcerait les extrémismes tant communistes que militaristes. Ordre donc est donné au commandement suprême de contribuer secrètement à populariser et à humaniser l'Empereur. Cette directive ne doit pas être portée à la connaissance du peuple japonais. »

Même s'il reste une divinité vivante que personne ne doit regarder dans les yeux, Hirohito se glisse dans un autre personnage. Comme à l'accoutumée, il porte des vêtements mal taillés. Son statut de divinité le garde inapprochable, intouchable non seulement par ses médecins qui doivent utiliser des gants de soie, mais également par ses tailleurs. Voilà pourquoi, on voit le plus souvent l'Empereur porter des vêtements sombres (gris et parfois marron) aux dimensions approximatives : trop courts, trop amples. Toujours élimés. Il les égaye de bretelles et de cravates choisies par l'Impératrice elle-même. Elle les aime quelque peu voyantes. On le voit aussi en short blanc et chapeau de paille au bord de la mer.

Lorsque l'Empereur Hirohito arrive à Karuizawa par le train impérial, la villégiature ne peut cacher sa fierté. On l'attend depuis le pied de la montagne à la sortie du dernier tunnel. La vie quotidienne du cent vingt-quatrième empereur du Japon respecte des règles d'une régularité imperturbable. À 7 heures du matin, il appuie sur un bouton placé à la droite de son lit pour informer sa suite de son réveil. La chambre est dressée à l'occidentale. Le lit est rudimentaire. La moquette rouge. Petit déjeuner à l'anglaise : des œufs, des crudités, des corn-flakes. Seul le lait vient de la ferme impériale. Ensuite, l'Empereur regarde à la télévision principalement des feuilletons et des matchs de sumo, de tennis et de base-ball. Quelques films sont tournés sur sa vie quotidienne, mais le son est volontairement coupé tant on craint que son timbre de voix et son vocabulaire ne le discréditent aux yeux du public.

Hirohito ne riait jamais.

Dans l'après-midi, il part seul, lointainement accompagné, se promener à cheval dans la montagne et les bois. Passionné de botanique et de recherche biologique, il porte toujours une loupe suspendue à son cou par un cordon.

Le soir, après le dîner de 18 heures composé de légumes verts issus d'une culture organique sans engrais chimique, l'Empereur se retire dans sa chambre. Parfois, il écoute sa femme chanter des lieder de Schubert en l'accompagnant au piano. Que fait-il ensuite ? Il consigne dans des carnets les impressions de sa journée. Les historiens évoquent régulièrement son « remords » d'avoir pu entraîner ses compatriotes dans une telle mésaventure. On y lit des messages destinés au peuple japonais :

Courageux est le pin
Qui ne change pas de couleur
Sous le poids de la neige
Les gens eux aussi
Devraient être comme lui.

Dans ces mêmes carnets Hirohito revient sur son enfance. Sur cet univers où il était préservé. Ses précepteurs avaient donné l'ordre de ne jamais rectifier l'Empereur.

Voilà pourquoi Takamatsu, le frère de l'Empereur, parle un anglais avec un accent impeccable, et le français avec des intonations à la Pagnol. La mélancolie et la gravité se sont déjà emparées de lui. Rien ne doit s'interposer. Souffrant d'une vue déficiente, on l'obligeait néanmoins à regarder au loin. On alla même jusqu'à couper des rangées d'arbres pour qu'il pût contempler le paysage.

Les carnets écrits à Karuizawa ne présentent aucun intérêt. Tout au plus racontent-ils ses promenades en ville et en forêt, les retrouvailles avec une famille de Russes blancs, la découverte d'une herbe rare. À peine mentionnent-ils l'existence d'une famille de vents localisés dans un bosquet. Il en consigne une dizaine que personne n'arrive par la suite à situer, pas plus qu'à établir l'authenticité des noms.

Dans le jardin Ryu et Tateru adorent rivaliser d'acrobaties et d'exploits insolites sur la barre fixe : avec une main, un pied, le coude, la cuisse. À tel point que Kanki doit consolider les montants de la structure. Ils partent dans des rotations vertigineuses. Tateru affectionne cet instant précis où l'atmosphère se modifie. L'air entre en transe. Il délivre une autre dimension du monde. Le visage de l'adolescent s'en trouve transformé : l'arrondi en amande de ses yeux s'amincit, atteint une partie de ses tempes. Son sourire même gagne en largeur, ses dents découvrent le jour. Tateru rejoint l'idée qu'il se fait de la vie : un jeu avec l'air, une complicité, le bonheur d'une solitude partagée avec son ami. Ryu l'encourage de ses cris effrayés.

C'est au cours d'une de ces joutes que Tateru tente une pirouette invraisemblable. Si invraisemblable que même le sol et l'équilibre ne comprennent pas son intention. Tateru chute lourdement sur l'épaule. Se relève. Et non sans orgueil sourit comme si de rien n'était.

Il passe une nuit sans arrêt entrecoupée de rêves incongrus, de songes inconfortables. Il se retourne tant et tant que son kimono n'est au petit matin que rides et plis. Il se lève, le pas hésitant, pour aller prendre son petit déjeuner : des poissons séchés, du thé, et pour une fois, miracle : une soupe de sésame noir ! Ce matin sa mère le regarde plus longuement que d'habitude. Elle s'installe à la table, le fixe des yeux et comme dans une prière lui dit :

— Il a décidé de partir rejoindre ses amis.

Tateru ne comprend pas bien. Il lui demande de répéter.

Tateru ne saisit qu'à moitié cette ellipse d'adulte. Il regarde encore sa mère. S'inquiète. Devine.

Au petit matin, elle a retrouvé son mari pendu à un ginko dans le jardin. Il aura attendu l'automne. Au moment où le feuillage est d'or.

Tateru ne dit rien. Il laisse juste cette idée entrer en lui. Il s'efforce d'avoir le moins mal possible, baissant la tête, comme on le ferait avec une porte trop basse. Il ne dit rien. Il s'empare du coin de la manche de la robe de sa mère.

Tous veillent le mort dans la petite maison de bois. La nature se fait plus calme cette nuit-là. Tateru appelle Ryu. Ils s'assoient sur la terrasse.

Ryu sent alors le terrible manque de son père. Il en parle à Tateru.

Il lui explique ce que c'est d'être privé de quelqu'un. Comment on s'y habitue. Comment cette absence devient une présence lunatique, l'inverse des habitudes. Son père entre parfois à l'improviste dans sa vie, sans même frapper à la porte. Au cours d'une promenade, au milieu du refrain d'une chanson, dans le cercle d'un bol de riz. Il se poste là. Attend. Parle. Parfois c'est Ryu qui le convoque. Où es-tu? Fais un petit signe au cœur de l'ombre. Envoie une goutte d'eau, un frémissement sur l'étang, un nuage à droite du ciel. Aide-moi à terminer ce devoir. À monter la colline. Donne-moi ta main, tout au moins ton regard.

— Et ça marche, tu sais!

— Tu crois?

— À ton avis? Tu verras…

— …

— Je suis sûr en tout cas que tu vas lui trouver un nouveau nom de vent!

— Ah oui, je le connais déjà. Je les connais.

— Pourquoi, il en a déjà plusieurs?

— Bien sûr. Il y a celui de la mort. De son esprit qui tourne encore. Le sens-tu, là, en train de tourner lentement?

— Oui… enfin non, je ne sens pas.

— Fais un effort tout de même, ferme les yeux et imite-moi.

Tateru avance son visage en avant comme une image pieuse, les yeux mi-clos, le nez dilaté, un sourire fin sur les lèvres, les épaules redressées comme s'il se grandissait, la poitrine soulevée.

— Que sens-tu ?

— Un peu de froid, un courant froid.

— C'est lui, c'est *Otōchan*, c'est mon papa. J'ai envie d'appeler comme ça cette drôle de sensation. Mais pour les autres souffles, celui pour sa façon de bouger lentement quand il monte les marches, pour replier les pans de son kimono ou de sa veste, cela restera *Kanki Kamisama*[1].

— C'est vrai, je le sens bien, il n'est pas vraiment parti. Je crois bien qu'il va passer la nuit avec nous.

Pendant toute la nuit, Tateru souffre beaucoup de son épaule. Au petit matin, il lui est très pénible de se lever. Il doit s'appuyer sur l'autre bras pour se redresser.

1. *Kamisama* voulant dire « Dieu », il y a une analogie avec *Kamikase*, « Dieu du vent ». Manière ici de déifier le père.

Le corps de Kanki est placé dans un demi-tonneau de bois blond et, comme le veut la coutume, en position assise, attaché, le visage entre les genoux, la tête tournée vers le Palais impérial. La famille au grand complet salue un détachement militaire. On procède à une messe selon la tradition catholique. Car ici à Karuizawa, on fait ainsi. On picore dans les religions ce qu'elles portent de meilleur. On vit et naît dans le rite shintoïste, on meurt dans le rituel bouddhiste. On ajoute une messe parce que le prêtre est sage. On oublie la vanité des différences.

Les églises catholiques sont longues et étroites, les temples du Japon sont larges et peu profonds. Les églises sont hautes avec des bancs pour s'asseoir; les bronzes prient devant leurs autels assis sur un tatami. Les cloches des églises sont nichées au sommet, celles des temples sont si basses et si proches du sol qu'on peut les toucher avec la main. Les cloches occidentales sont frappées par un battant logé à l'intérieur; celles du Japon sont frappées de l'extérieur par un balancier, avec un mouvement de va-et-vient. Les cierges d'ailleurs sont larges à la base, étroits en haut. Ceux du Japon ont le pied étroit et le sommet plus large. Les catholiques prient en égrenant leur rosaire devant eux; les Japonais en le tenant toujours dans leur dos.

On se marie souvent comme les catholiques. Le prêtre portugais veille aux cérémonies, lit ses textes en latin devant l'assemblée recueillie. Les mariées découvrent la confession. Keiko apprit ainsi le vertige délicieux de l'aveu, comment se débarrasser du remords en un battement de cils : sa mauvaise volonté à laver la salle de bains, à apprécier son beau-père, à faire les achats de poissons séchés, à sentir l'influence progressive des supérieurs militaires sur son fiancé, la jalousie qu'elle éprouvait à l'égard d'une de ses anciennes petites amies, l'envie somme toute naturelle de l'étouffer.

Keiko se souvient de l'incroyable sentiment de violence qui s'empara d'elle lorsqu'elle sortit de l'église. Des giclées de riz lui parvinrent de partout, l'assaillirent avec une force inattendue, des cris fusèrent, des vivats exotiques, des « Youpeee ! », des « congratulations ! » jaillissaient des poitrines alors qu'elle s'attendait à basculer dans l'ailleurs. Elle aurait tant voulu se retrouver dans les bras de Kanki, être seule avec lui, découvrir une intimité qu'elle désirait de toutes ses forces. Tout semblait fait alors pour les séparer : les invités, le prêtre, la famille, le banquet. Elle aurait voulu émettre un son avec sa poitrine, mais il lui manquait le mot qui aurait fait taire la terre entière, qui lui aurait rendu son nouvel époux. Il fallut rapporter dans la demi-heure au magasin de location voisin la robe de mariée. Un autre cortège attendait. Keiko avait encore en mémoire le soin méticuleux que mit l'employée à retirer les grains de riz emprisonnés dans le voile. Celle-ci le fit avec un détachement contrarié, un dédain maussade.

Au retour de la cérémonie d'enterrement, lorsqu'il se met à genoux pour dîner, Tateru ressent des douleurs encore plus vives dans l'épaule. Elles deviennent insoutenables. Pourtant, il s'était juré par respect pour son père, en souvenir de l'île de Qingdao, de ne jamais manifester sa souffrance. Cette fois-ci, elle est si forte qu'elle gagne le cou et lui donne comme un coup à la mâchoire.

Tateru se poste devant l'un des rares miroirs de la maison. Il apparaît livide, perlant de sueur. Il découvre sa tête lavée, blanche, au bord de la transparence. Il reste quelques instants à se demander quel est ce garçon face à lui. Le prochain, l'autre ? Il se palpe le nez, les lèvres, les joues ; lisse le front pour recueillir les gouttelettes de sueur. C'est tellement nouveau pour lui de s'approcher ainsi. De toucher ce visage en mue, celui des adolescents qui pousse dans un sens, dans l'autre, hésite vers le nez, le front.

Dans l'île, hormis ceux déformants des optiques, il n'y avait pas de miroir. On ne connaissait de soi que le regard porté par les autres. On ne connaissait de soi que son ombre.

Tateru rejoint le dîner. Par chance, personne ne prête attention à son embarras. Mais lorsqu'il prend son bol de soupe miso, la surface du potage lui semble étrange. Il retrouve son visage dedans. Il commence à se faire à ce reflet. Tout chavire, la douleur revient, fouille. Il voit son image se liquéfier, son vêtement le chauffer. Il s'affale sans mot dire. Le bouillon clair se répand à ses côtés.

On appelle un médecin. Celui-ci met l'évanouissement sur le compte de la journée, de l'émotion. On couche Tateru avec un jus d'herbes, du poisson et du wasabi salé.

Au petit matin, Keiko réveille doucement son fils pour aller à l'école. Celui-ci met beaucoup de temps à sortir de son sommeil. Son visage est livide, déjà en sueur, le futon trempé. Ryu s'approche de lui pendant que sa mère va chercher le médecin.

— Qu'as-tu ?

— Il n'y a qu'à toi que je puisse le dire. Regarde.

Il ouvre sa veste. Montre son épaule. Mais ce qui fascine Ryu, c'est le tatouage de camélia qui orne son ventre.

— Oh, jamais je ne l'avais vu ! C'est incroyable, quand l'as-tu fait ? Hier ?

— Non, je l'ai depuis Qingdao.

— Qingdao ? !

— Je l'ai toujours caché. Mais regarde mon épaule, elle est bizarre, non ?

Elle est bizarre. Plutôt moche avec la peau flétrie et bleuie.

— Oh, bon sang, tu dois avoir drôlement mal. Elle est toute cassée, non ?

— Je crois bien, j'ai trop mal.

Le médecin revient. Constate avec effroi l'état lamentable de Tateru. L'épaule est non seulement cassée, mais surtout, il y a de toute évidence une infection intérieure. Il faut intervenir très vite sous peine de sérieuses complications.

— Le problème, dit-il en aparté à la mère de Tateru, c'est qu'ici à Karuizawa, nous n'avons rien pour l'opérer dans de bonnes conditions. Il doit aller à Tokyo. Je connais un chirurgien qui saura sauver l'épaule de votre fils. Ici, notre dispensaire n'est pas en mesure de faire correctement le travail. Avez-vous de la famille à Tokyo ?

— Non, enfin… oui. Tateru a bien une tante, la sœur de son père. Elle habite dans un faubourg de Tokyo. Pensez-vous que ce soit vraiment indispensable d'envoyer mon Tateru là-bas ?

— Votre fils risque beaucoup. L'infection semble profonde et seule une opération importante et une longue rééducation lui permettront de retrouver complètement l'usage de son épaule. Tateru sera absent de nombreux mois.

Au dîner, Keiko a pris sa décision. Tateru partira vite à Tokyo.

— Et Ryu ? Il va rester ici ? Tout seul ?!

— Oui, répond Keiko. Je ne le vois pas aller à Tokyo. Tu sais, ta tante, je me souviens que son appartement est tout petit. C'est déjà un miracle qu'elle accepte de t'accueillir. Ryu restera avec moi. Tous mes hommes ne vont pas partir en même temps !

Après le dîner, les deux garçons se retirent dans la chambre, rapprochent leur futon pour mieux s'écouter.

— Tu sais, Tateru, j'ai déjà perdu mon père. Je ne veux pas te perdre. Je vais être seul. Je ne veux pas être tout seul. Je ne resterai pas ici, c'est impossible. Je… *Oyasumi nasai*[1].

Tateru, sous l'effet des drogues du médecin, s'est déjà endormi, étrennant son nouveau visage. Celui d'un autre garçon. Son épaule démolie le saisit dans une expression tranchée. Il va avoir quatorze ans. Il vient d'être extirpé de son rêve, jeté tout cru dans la suite. Plus rien à quoi s'accrocher : les rochers de l'île de Qingdao, le regard de son père, les bras de sa mère. Il n'y a plus maintenant que la main de Ryu qui serre fort la sienne.

1. « Dors bien. »

Sa maman s'endort, le cœur vidé par ces jours, avec cette légèreté étrange qu'apporte la peine. Ses lèvres murmurent toutes seules le poème de la princesse Ōku.

Comment mon Seigneur
Franchira-t-il tout seul
Les montagnes d'automne
Quand il était déjà si difficile
De les passer ensemble.

Tokyo. Le train n'arrête pas d'entrer dans la ville. Les immeubles ne cessent de grandir. Par moments, c'est hallucinant. Tant de poussière, tant de noirceur. Un ciel mité. Il ne reste plus rien de la terre. Que de la ville. Le train crisse sur les rails, hurle dans les virages, scande tel un tambour un hymne sans refrain, un martèlement sans répit, un roulement sans cirque. Tokyo fait peur.

Tateru ne reconnaît pas la ville qu'il avait croisée un jour d'anéantissement. Cette ville errante dans ses fumées, ses gravats, vibrait d'assourdissants bombardements. Tokyo est méconnaissable. C'est une déflagration d'immeubles gigantesques. Même les yeux ne parviennent pas à les englober en un seul regard. Il faut lever la tête. La vitre du train ne cadre plus.

Elle est cassée, il fait un froid glacial. Tateru avale toutes ces images : les automobiles, les bus, les trains, lcs voyageurs impavides, les publicités immenses. Jamais autant d'images n'ont afflué. Sa main se referme comme si celle de Ryu venait s'y inscrire. Ryu, son nouveau frère, est présent dans ses doigts resserrés, réincarné dans le souffle étroit de sa paume.

Tateru se concentre. Suit à la lettre les consignes de sa mère. À la gare centrale, se diriger vers les correspondances. Son épaule lui fait très mal. La foule est telle que, en l'espace de quelques minutes, il éprouve comme une brutale accélération. Il tremble. L'air est tellement lourd qu'on pourrait le rouler en boule dans ses mains. Il n'avance plus. Tateru ne sent qu'une accumulation de nouveaux souffles : les haleines, les senteurs de transpiration, de vêtements, le chou acide. Ses vents lui manquent. Le toit de la gare est si haut, le nombre de voyageurs si impressionnant qu'il est pris de tournis. Se heurte à un pilier. Perd conscience. Chute avec sa valise.

Au sol, le monde devient tout autre. Disproportionné, bancal. Un petit air complice vient lui pincer les narines, lui donner du courage. Il le reconnaît. Ce n'est pas celui du chèvrefeuille, de la montagne au matin, des crabes avant la marée. Mais un petit vent ami qu'il s'était inventé. Un vent de fourmi minuscule peut le suivre partout avec lui. Il l'appelle Bashô. Du nom du poète qui vivait à Fukagawa. Il s'était retiré dans son «Ermitage au bananier». Parfois, il quittait sa retraite pour de longs voyages à travers les provinces en compagnie d'un disciple dévoué. Il écrivit un court poème que Tateru apprit à l'école. Il dit ceci :

Voyageur sera
Mon nom le souhaite
Premières averses
Et camélias des monts
Vous donneront abri.

Personne n'a le temps de s'arrêter sur cet adolescent en sandales de toile, tee-shirt, short et crâne rasé. Il s'est alors assis pour réunir ses esprits et ses affaires. Il regarde tout de suite sa main, la serre avec complicité. Tateru semble s'inscrire dans un cercle de lumière. Comme une île dans la gare centrale de Tokyo.

L'appartement de la tante est minuscule. Mais tout propre et rangé avec une incroyable minutie. Il suffit de s'attarder sur un point pour constater que rien n'est perdu. Dans la boîte d'allumettes, il y a les aiguilles de couture. À l'intérieur des chaussures, les chaussettes et les bas. Les chaussures sont placées dans des boîtes bordées de mouchoirs. La boîte étant elle-même dans l'une des deux valises de la maisonnée. C'est tout juste si l'on ne replie pas les dents du peigne avant de se glisser sous le futon.

Sa tante s'appelle Minako. Elle vit seule. L'entrée l'annonce. Un parapluie de papier huilé, une paire de sandales. Son mari est mort à la guerre. Pire : les derniers jours, lors des bombardements de Tokyo de mars 1945. La guerre avait déjà assez duré. Les gens qui étaient encore lucides étaient à bout. Les autres étaient devenus fous. Pourquoi Shingo, son mari, le frère de Kanki, avait-il alors décidé de repartir vers l'arsenal ? Pour rapporter du charbon ?

Parfois, Minako essayait de se remémorer cette étrange journée. Elle se souvient du matin frais. De l'espoir de se retrouver enfin. La guerre allait bientôt finir ! Shingo le tenait de haut lieu et l'avait confié comme un secret d'État à sa femme.

Ils s'étaient embrassés comme chaque fois. Comme s'ils ne devaient jamais se revoir. Sauf que cette fois-ci, l'étreinte fut plus légère, ils savaient que la journée allait être calme. Demain, ou après-demain, ce serait la paix. On pourrait regarder le ciel sans crainte.

La journée se passa normalement. Les cerisiers étaient en fleur. Minako s'affaira, le cœur léger. Lorsque le soir vint, Shingo n'était toujours pas rentré. Ses journées étaient rudes.

Il aimait s'attarder avec ses amis avant de revenir à la maison. Vers 22 h 30, les sirènes retentirent. Des bombardiers étaient annoncés. Comme à leur habitude, tous les habitants du quartier se retrouvèrent au *bôkugô*, aux abris. Rituel étrange où chacun s'efforçait de faire bonne figure. C'était à celui qui serait le plus courtois, le moins inquiet en apparence. Par superstition, on mangeait des échalotes pare-bombes. Les forteresses passèrent au-dessus de la ville puis repartirent. On sortit avec bonne humeur. On se rendormit avec un infini soulagement. Certains restèrent même dans l'abri pour célébrer cette fausse alerte.

Minako faisait partie de ceux-là. Après tout, son mari n'était toujours pas de retour. Il savait qu'elle était avec leurs amis, à se détendre, à oublier l'affreuse terreur qui chaque jour venait tordre les oreilles, étreindre le cœur, vriller le regard. On but un vilain saké, on avait perdu la force de décider pour soi-même.

Il devait être minuit passé lorsque le sol se mit à vibrer. Pourtant, il n'y avait eu aucune sirène. On apprit plus tard qu'elles avaient été neutralisées lors du survol précédent. Mais cette fois-ci ce qui frappa tout le monde, c'était l'altitude incroyablement basse à laquelle les bombardiers survolaient le quartier. Tout vibrait de cet insupportable vrombissement.

Minako tenta une sortie mais tous l'en dissuadèrent.

— Referme immédiatement cette porte, boucle-la !

Avant de verrouiller la porte, Minako eut le temps de voir une seule image qui ne la quitta pas de la nuit. Il y avait auprès de l'abri deux cerisiers encore en fleur. On se demande comment ils avaient pu échapper aux effroyables tourments de la ville. Pourtant, ils étaient toujours là. Comme un défi poétique, un îlot d'innocence. Une bombe venait de tomber non loin de là et juste avant que Minako eût le temps de voir un déchirant spectacle : lentement, si lentement, les fleurs blanches des cerisiers tombèrent. Avec une grâce insolente, en prenant tout leur temps alors que la ville basculait en enfer. Elles voulaient dire tellement de choses, donner tellement d'espoir. Résister même jusque dans leur chute molle. Prendre leur temps alors que la mort vomissait son venin, raturait tout à larges traits impérieux.

Les B-29 étaient de retour. Ils allaient entamer l'un des plus épouvantables bombardements de la guerre. Plus de 1 700 tonnes de bombes seraient déposées par 334 avions selon un schéma bien précis adapté à la ville de Tokyo. Une croix de feu s'abattrait sur la ville. Les premières forteresses volantes passèrent le napalm, puis leur succédèrent les bombes incendiaires dont le bruit était étrangement sourd. La ville de bois et de papier s'embrasa comme une allumette.

— *Nigero*[1] !

Combien de gorges crièrent ces mots pendant le temps que dura l'incendie, comme s'il fallait répondre au cri strident des bombes. La nature, enivrée par l'absurde de cette vision, se mit à perdre la tête. Des vents violents soufflèrent toute la nuit ; des tornades de feu fouillèrent la ville. On avait tellement peur qu'on ne pouvait même plus pleurer.

Ceux qui n'avaient pas pu rejoindre les abris s'enfuirent vers le fleuve où ils périrent gelés, ceux qui avaient trouvé refuge dans leur piscine

1. « Fuyons ! »

furent ébouillantés; les autres rôtis dans les gymnases de briques.

Terrés dans l'abri, engourdis par le mauvais alcool, les heures passèrent dans une semi-torpeur. Un vieux monsieur lisait tout haut le journal pour passer le temps. Celui-ci revenait sur les bombardements de Dresde.

— Bah, s'il le lit déjà, continue, dit quelqu'un dans l'assemblée, il y a certainement plus malheureux que nous !

Le bonhomme lisait avec un détachement de présentateur de radio, comme pour détendre l'atmosphère pesante.

— « Dresde. Février 1945. Dans la ville, c'est la fin du carnaval et beaucoup d'enfants à qui l'on veut cacher l'horreur de la guerre sont costumés. Les vieux sont à l'Opéra, salle comble. On se presse aussi au cirque Sarassani : grande nuit de gala avec une immense foule dont les rires flottent sur la ville qui ne veut pas s'endormir. À l'instant même où le spectacle se termine, les mosquitos lâchent leurs premières fusées éclairantes suspendues aux parachutes. Les gamins battent des mains. Alors commence l'apocalypse. Il est 22 heures : 244 bombardiers Lancaster bourrés à 75 % de bombes incendiaires, à 25 % de bombes explosives arrivent en vue de leur objectif. Le dosage savant des deux types de bombes provoque un véritable typhon de feu par appel d'air – ceux qui ne sont pas brûlés vifs sont asphyxiés.

« À 1 h 45, 529 bombardiers surgissent. Mille hectares sont ravagés par les explosions. À 10 heures du matin, 450 forteresses volantes américaines mettent le point final au carnage, tandis qu'une centaine de chasseurs Mustang mitraillent au sol tout ce qui a encore l'apparence de vie. Le bombardement sur Dresde aurait fait plus de 135 000 morts. »

Dans cet étroit refuge de béton, une bougie tremblait encore. Elle faisait danser les ombres sur les visages. Elle donnait confiance. Elle voulait sans doute dire qu'il fallait continuer à bouger, faire remuer le bout de son nez, les arcades des yeux, ne jamais s'immobiliser, ne jamais s'éteindre. Tenir.

Minako et ses amis attendirent l'aube pour ressortir. Le quartier n'était plus qu'un amas de cendres. Ils ne voulurent pas voir, comme si un sort cruel rôdait encore. De peur qu'en un seul regard ils ne s'effacent à leur tour. Seul le cimetière avait été épargné.

Minako conserve de ces jours cette lassitude tendre. Elle semble attendre avec quiétude. La tristesse ne l'a pas conquise. Juste une goutte d'espoir. Il n'y eut aucun survivant dans le quartier de l'arsenal. Elle songea même que son époux s'était évanoui dans la nature comme bon nombre de Japonais que les bombardements avaient jetés sur les routes comme des hères sans raison. Sans cheveux, sans faim, sans but.

Minako accueille Tateru sur le seuil de sa toute petite maison de quatre tatamis. Deux pièces aménagées dans un baraquement américain, posé de plain-pied dans un lotissement improvisé. Elle est vêtue d'une longue robe mêlée de gris et de noir. Par-dessus, une superposition de sous-vestes sombres, le tout recouvert d'une veste inattendue sans manches et de laine écrue. D'office, elle attribue à Tateru les chaussons d'intérieur de Shingo.

Elle lui apprend l'usage de la maison. Le maniement de l'eau, de l'électricité, les placards à futon, les réserves de nourriture. Elle lui prépare un plat de udon. Minako retrouve des gestes qu'elle avait oubliés : soulever le couvercle d'une casserole tout en se retournant, accélérer les mouvements, servir, parler à table. Parler tout simplement. Parler dans sa maison.

Elle se surprend à éprouver du plaisir à faire des phrases pour rien. Juste pour la mobilité des lèvres, de la langue, des mots rangés depuis des lustres sous des housses crème, celles du silence.

Il faut se coucher tôt, car demain, Tateru doit filer à l'hôpital. On place son futon dans la première pièce, celle de la cuisine et de la salle à manger. Il s'endort, la main refermée. Dans le lointain, une radio diffuse un concert de piano.

De l'opération, Tateru ne se souvient de rien. Si ce n'est cet indicible engourdissement qui lui monte à la tête. Il a adoré cette lente couverture si chaude qui l'a recouvert. Après, ce fut comme une aube de printemps, son corps porté comme un nénuphar sur une mare. Il se rappela qu'il n'y avait dans ces contrées ni souffle, encore moins de vents. Juste des silhouettes immobiles.

Lorsqu'il se réveille dans la chambre, Tateru vérifie qu'il peut serrer sa main gauche. C'est oui. Son épaule est sauvée.

Après quelques jours de convalescence, il rejoint la maison de sa tante. Il arbore un impressionnant bandage qui lui enveloppe toute l'épaule.

— *Doshitano*[1] ?

Minako l'accueille comme un héros. Lui fait un dîner tendre et léger, du congre, l'endort sur son futon.

1. « Que s'est-il passé ? »

Pendant de nombreuses semaines, Tateru doit aller régulièrement à l'hôpital.

— Je peux te le dire aujourd'hui, lui confie le médecin, on aurait dû couper ton bras, tant l'infection avait pourri les chairs. Il s'en est fallu de quelques jours. C'est presque un miracle qu'on ait pu le sauver ! Maintenant, il faudra être patient. Faire des exercices, car il faut le rebâtir, le rendre comme avant.

— Je pourrai refaire de la barre fixe ?

— De la barre fixe ?... Tout dépend de ce que l'on te fera manger.

— Manger ?

— Oui, tu devras prendre beaucoup de calcium ! Tu vas voir : les os ont faim !

Malgré les traitements de cheval auxquels on le soumet pour retrouver la mobilité de son épaule, Tateru aime ces jours aux langueurs nouvelles. Il reste dans le minuscule jardin de la maison. On ne peut y séjourner que seul tant il est exigu, les vents n'y ont guère de place. Tateru y guette l'arrivée du soleil. Il n'y reste qu'une demi-heure. C'est l'ombre de la branche d'un cerisier qui ponctue la journée. Il inscrit sur le sol le mouvement du soleil. Tateru passe des heures à scruter la lenteur. Il parvient à surprendre le mouvement de la terre. À ce moment précis, il réalise qu'il vit sur un globe qui ne cesse de tourner. Il lui apprend que l'immobilité n'a pas de place dans sa vie. Il faut sans cesse bouger.

Les premiers jours à l'école le prennent au dépourvu. Les lycéens se moquent de lui. Il est le seul à porter des chaussures en cuir. On l'affuble de tous les surnoms : «petit marcassin», «peau de zob», «vachette». Les railleries ne l'affectent pas. Après tout, ses chaussures lui viennent de son père. Autant les garder. Elles sont si confortables. Et lorsqu'il y bouge les orteils, il pense à son père.

Un jour, alors qu'il prend le chemin du retour à la maison, Tateru entend sur la passerelle qui enjambe la voie ferrée de petits gravillons résonner. Il fait mine de ne point le remarquer, tout en se demandant qui peut bien venir l'enquiquiner encore. Un autre jour, un petit caillou lui tombe dessus, mais sans grande force.

Tateru se retourne vivement. Il ne voit personne. Il reste un moment immobile.

— Qui c'est?

— …

Rien.

Tateru, toujours en convalescence, se couche tôt. Dans un demi-sommeil, il entend encore à plusieurs reprises les claustras de la porte résonner de petits bruits de gravillons. Il n'y prête aucune attention. Il commence seulement à y réfléchir lorsque le sommeil l'emporte.

Au petit matin, Tateru reprend le chemin de l'école. Il est dans ses pensées lorsqu'il réalise qu'une seule personne peut se livrer à ce jeu. Sans varier de son chemin, il fait comme d'habitude avec les vents. Il les appelle un à un…

— Bashô ? Kure ? Kida ? Hitonari ? Jiro ? Bunsô ?

Puis un peu plus fort :

— Ryu ? Ryu ?

Un petit caillou atterrit sur sa casquette.

Tateru se retourne. Il est bien là, c'est lui.

— Tateru !

— Raconte-moi ! Comment t'es venu ici ?

— Comme toi. J'ai pris le train. Mais je n'avais pas de billet. Je m'y suis faufilé. Et après, c'était pas trop sorcier, j'avais l'adresse de ta tante.

— Mais…

— Mais quoi ?

— Mais où dors-tu ?

— Pourquoi ce serait compliqué de dormir ? Il suffit de trouver un abri, une porte qui ferme et voilà tout… Tout près de chez ta tante, il y a une sorte de club de jazz, une boîte de nuit, ou un truc comme ça. Les gens vont et viennent à toute heure du jour et de la nuit. C'est plein de recoins, et jamais vraiment fermé. Je m'y suis glissé. On m'y a vu. Personne ne m'a posé de question. Alors, j'ai pensé que c'était un peu comme chez moi. C'est ma première maison ! Tu verras, je m'y suis fait une petite tanière derrière un meuble. Tu viendras ?!

— Ah oui !

Ryu a tellement changé en si peu de temps. Malgré ses quatorze ans, c'est maintenant un petit homme, plein de ruse et de certitudes. Son visage s'est plié à cette nature. Il a encore ce visage des adolescents où les formes ne se sont pas figées. Ryu a goûté une dimension neuve : la liberté. Déjà, le voyage fut pour lui une source d'émerveillement. Soudainement, les paysages ont cessé d'être statiques, il est passé d'un coin à l'autre de la fenêtre du train. En s'enfuyant, il se rapprochait de ce qui lui tenait le plus à cœur : retrouver son père. Qu'il soit mort, vivant, Ryu veut savoir pour continuer. Pendant ce voyage, il a découvert l'extrême facilité des choses pour peu qu'on les désire. Maintenant, il économise pour rejoindre la Chine, Qingdao, son père et ses vestes à soufflets.

La boîte de nuit s'appelle le Columbus Star. On y trouve de tout. De la musique bien entendu. On y passe des disques et régulièrement des formations de jazz viennent reprendre les derniers airs à la mode. On y joue aux cartes aussi, de façon fort discrète dans des salles aménagées à l'arrière du bâtiment. Le Columbus Star est un immeuble inépuisable. Il ne cesse de se dédoubler, de partir en étroits couloirs, en escaliers, en faux culs-de-sac, en caves, appentis. Pour qui sait s'y faufiler et connaître les mots de passe, le Columbus Star peut se faire fumerie d'opium, tripot, bordel, maison de retraite pour malfrats recouvrant la sagesse, imprimerie. Et à l'occasion antichambre d'un cimetière.

On peut y retrouver sa montre volée la veille à l'arraché, se fournir en drogues rares, frôler des filles et même bénéficier de la compagnie de hangyoku dans une partie reculée de la maison aménagée avec une rare sophistication, un okiya.

La police a renoncé depuis longtemps à interdire le Columbus Star. C'est un lieu de fixation parfait pour observer la pègre locale.

Profitant du profond sommeil de sa tante, Tateru file rejoindre Ryu. Ils se retrouvent à la tanière. Elle est située dans une soupente au-dessus d'un des bars de l'établissement. On y accède par une issue de secours. Un escalier de fer mène à cette porte anodine. Quand il l'a poussée lors de sa première nuit à Tokyo, personne n'est venu à la rencontre de Ryu.

Il y avait une veilleuse, et adossé au mur pentu, un solide meuble qui contenait des boîtes de verre publicitaires. En se recroquevillant, Ryu pensa avoir trouvé la niche idéale lorsqu'il heurta malencontreusement la paroi en bois du fond du meuble. En fait, celle-ci coulissait.

Elle donnait sur un minuscule réduit. On pouvait tout juste s'accroupir. En tout cas s'allonger. Il y avait même un vieux matelas en paille. Ce lieu n'avait pas été habité depuis longtemps. Ryu s'y endormit.

Au petit matin, Ryu fit glisser la mince paroi de bois. Un peu de lumière pénétra dans le réduit. Une fois le film de particules déposé, Ryu vit que ce lieu avait tout d'une cache. On y avait habité. En plus du matelas poussiéreux, il y avait également une bougie, de vieilles turques de toile, un chapeau sans forme, des petites crottes de souris, des vieux journaux jaunis. Certainement des puces et des poux. Sous le matelas, emmailloté dans un tissu, Ryu dénicha un pistolet et quelques balles. Visiblement, l'ancien habitant avait dû migrer ailleurs ou bien disparaître tant l'endroit semblait sale et l'air renfermé. Ryu s'y installa discrètement.

Le découvrant un beau matin, l'un des employés du Columbus Star lui donna un violent coup de pied dans le derrière, pensant ainsi s'être débarrassé de l'intrus. Mais Ryu y retourna la nuit suivante. Croisa à nouveau l'employé qui le chassa sans vergogne.

— Si je te revois, ce ne sera pas un coup de pied dans le cul !

Ryu n'avait nulle part où aller. Pas question de frapper chez Tateru. Alors il revint, décidé à forcer la sympathie de l'employé. Il lui raconta sa vie. Le type n'était pas un mauvais bougre. Il s'appelait Shinpei et portait toujours un chapeau mou sur la tête. Shinpei avait lui aussi perdu son père à la guerre. Qui n'avait pas perdu son père ?

Il comprit vite tout l'intérêt qu'il pouvait tirer du jeune garçon. Il lui garantit sa protection en échange de menus services. Cela consistait, entre autres, à livrer à domicile des petites enveloppes. Ryu ne se posa jamais la question de savoir ce qu'elles contenaient. La poser, lui avait fait durement remarquer Shinpei, te compliquera la vie.

Ryu n'insista pas et exécuta sagement les livraisons.

Lorsque Tateru pousse la porte à glissière de la tanière, il est émerveillé par l'aménagement de la cache. Le matelas de paille est à présent recouvert d'une toile. Le sol est propre. Il y a deux petites bougies. Et même un réveil aux aiguilles fluorescentes. Tateru a apporté un morceau de tofu subtilisé à sa tante. Tous deux recroquevillés comme des petits singes dînent en parlant bas.

Tokyo devient la ville de Tateru. Un voyage à Karuizawa lui a vite fait comprendre que sa vie n'est plus là-bas. Sa maman a rencontré un homme. Ce militaire effacé voit d'un mauvais œil le retour de Tateru. Il n'aime pas cette façon de parler de la vie de Tokyo, de ses désordres, de ses façons criardes de se manifester. Il n'aime pas non plus, mais vraiment pas, la manière dont Tateru met sa chemise par-dessus son pantalon.

— Une chemise, lui dit-il un beau jour dans un soudain mouvement d'humeur, c'est fait pour être dans le pantalon. Pas dehors. Tu te crois un acteur de cinéma ?! Rhabille-toi !

Tokyo renaît. Renonce à comprendre le sens de l'Histoire. La mansuétude calculée des Américains et des procès laisse le pays comme lavé du passé. L'Empereur innocenté, et nous alors ? Le passé est aboli, la guerre devient noble. La mémoire va disparaître pour longtemps. Dans les rues, on ne pense plus à l'Empereur. Mais plutôt à se loger. À manger. Partout des éclopés, des survivants, des miraculés, des affamés.

Au bar du Columbus Star, on ne fait même plus attention aux estropiés. Celui-ci par exemple, le « défiguré », comme on l'appelle. C'est bien simple, il n'a plus de nez. Le bas du visage a une étrange façon de repartir vers le cou. Une balafre lui barre l'œil. Comme un Ø norvégien avec un trait impeccable. Barré, son destin l'est aussi. Sa tête est pleine de trous. Du coup, il a du mal à raconter sa vie.

De la malchance surtout. Au casino, avec les femmes, la guerre. Que lui reste-t-il ? Un banc dans un square, ses vêtements d'avant. D'avant quoi, déjà ?

Heureusement, il y a Tokyo réveillée. Rebelles en cravates, communistes en casquettes, jolies filles au bassin soyeux. Il aurait voulu rejoindre la bagarre, rigoler lui aussi. Comme des centaines de soldats, il n'a même plus la force de se déclarer vivant, il a disparu de l'état civil.

Au Columbus Star, il s'incruste. Étrenne un prénom qu'on lui a donné la nuit précédente. Sōkichi. Sōkichi, donc. Après tout, en changeant de nom, on peut glisser dans une autre vie, renouer avec la chance.

Sōkichi demande un verre d'eau. Il est là dans ses vieux vêtements si élimés qu'on ne peut dire s'ils furent un jour élégants. Ou bien moches.

Ils sont devenus une sorte de rideau couleur d'automne. Sōkichi s'accroche. Pose des questions, histoire de prouver qu'il est en vie. Qu'on reste à son écoute.

— Ça veut dire quoi le nom de la maison ?

— Ça veut rien dire, répond le serveur. On l'a choisi parce que ça sonne bien. Les patrons ont hésité avec Columbus Station, Columbus Way, Columbus Circle. Et ils ont retenu Star. Columbus Star. Mais que voulez-vous au juste ?

Sōkichi se gratte le cou, les coudes, le dos de la main. Sa tête lui envoie une phrase qu'il n'a jamais formulée avant. Il découvre un pan caché de ses souvenirs. Il laisse ses lèvres prononcer…

— Pfuit, ce n'est pas ici que je trouverai la réponse. Je cherche quelqu'un. Il s'agit de…

— Bah, il y a tellement de gens qui cherchent quelqu'un. J'en rencontre tous les jours…

— Mais…

— Tenez, moi, je cherche une fiancée. Je sais qu'elle existe… Je ne sais pas où elle est.

Sur la radio, un air militaire passe. Tout le monde se met à fredonner.

Il se retourne vers Sōkichi.

— C'est quoi votre nom ?

— Sōkichi.

— Et vous ?

— Shinpei.

Lorsque Ryu repasse au Columbus Star, il croise Shinpei. Ce soir, grand calme, ils discutent ensemble.

— Dis-moi, Ryu, tu ne vas pas passer ta vie à jouer le facteur. Qu'est-ce que tu as vraiment envie de faire plus tard? Tu vas pas prendre ma place tout de même!

— Pas question. Au début je voulais être photographe comme mon père, mais depuis que je suis à Tokyo, j'ai changé d'avis. J'adore observer tout ce qui bouge. J'aimerais bien travailler dans le cinéma!

— Mouais, autant dire que ce n'est peut-être pas le bon endroit pour commencer, il faut que tu rencontres des gens qui travaillent dans les studios. De temps en temps, ils viennent ici, mais c'est rare. Il y a bien l'assistant d'un réalisateur. Une fois par mois, il rend visite à l'une de nos apprenties geisha. Je m'arrangerai pour te le présenter, tiens-toi prêt… Je peux te poser une question?

— Bien sûr.

— Comment il s'appelle, ton père?

— Pourquoi?

— Comme ça. Comment il s'appelle?

— Ryuichi!

— Ah bon… Au moins je le retiendrai la prochaine fois si j'en rencontre un. On ne sait jamais…

— Tu as raison, on ne sait jamais. Il pourrait venir ici et me demander. Ce serait incroyable.

— Ce serait incroyable!

Cette perspective donne un moral tout neuf à Ryu. La vie n'est finalement pas si dure. Il a retrouvé son meilleur ami, il a un peu de travail, il a un toit. Et puis, tout proche de son oreille, il entend régulièrement une petite souris faire ses allées et venues. Au début, il a pris peur. Il craignait les rats qui zonaient dans le quartier. Il avait colmaté son repaire. Malgré tout, une petite souris a trouvé une faille indétectable. Elle passe non loin de lui. Parfois s'arrête. Prend son temps. Ryu a appris avec Tateru à se mettre en totale fusion avec la nature. Il parvient maintenant à entendre son minuscule babil de fourmi. C'est une drôle de langue. Un langage fin comme l'air. Sans aucune épaisseur, une sorte de tout petit fil de voix dont il essaye de suivre les modulations. Il lui trouve un nom. L'appelle même avec une voix tout aussi petite. Il crée avec ses narines un imperceptible sifflement. Épais comme un cheveu. Au début, elle ne répond pas bien entendu. Par la suite, il aime imaginer qu'elle entend ce chant de timbre-poste.

Comme chaque soir, Sōkichi s'endort non loin du Columbus Star. Il sourit. Son nouveau prénom lui porte chance. Il retrouve des bribes de mémoire. Cette personne qu'il recherche. Ce… Cette ?

Le lendemain, il revient au Columbus Star. Se met en quête de Shinpei. Il est absent. Il demande s’il y a du travail pour lui. N’importe lequel. Serveur, par exemple.

On lui rit au nez.

— Avec la tête que tu as, on ferait faillite. Va plutôt dans un cirque !

Sōkichi s’en va. Dans le reflet d’une vitrine, il se contemple.

La silhouette, finalement, va bien. Les habits, ça se change.

Il est vrai que ce visage… Ce visage cassé, barré d’une balafre rectiligne, c’est plus problématique.

Il reprend sa marche en ressassant ses idées, lassé d’être le déversoir des rancœurs japonaises. Pour eux, il est comme un reproche, un souvenir rémanent, celui des jours noirs. Dans cette Tokyo pleine de vie, brillante, vertueuse et debout, il n’y a pas de place pour ceux qui ralentissent la course à la rédemption. Sōkichi trouve un banc, s’y endort, tandis que deux adolescents passent en rigolant.

Pour s'endormir, Tateru attend toujours le train de 21 h 57. Il s'efforce de le deviner au plus loin. Sentir le léger frémissement du sol, puis la cloche tremblotante du passage à niveau. Puis le léger tremblement, enfin son arrivée dans un souffle, le même d'ailleurs, l'hiver venu, lorsqu'on se réchauffe les doigts. Depuis peu, il est plus difficile de l'entendre. Sa tante vient de faire l'acquisition d'un réfrigérateur électrique. Régulièrement, son moteur se déclenche et modifie le silence de la maison. Il doit bien y avoir une trentaine de bruits entre le chemin de fer, l'usine voisine, les voisins, le nouveau réfrigérateur, les passants, un chien, les machines à coudre. Rassuré, Tateru trouve alors le sommeil.

Il s'ennuie à l'école. Minako comprend vite que son intérêt le porte ailleurs. Lorsqu'elle rencontre Ryu, elle mesure la forte complicité de ces frères de route. Par une nuit d'été, les deux garçons restent dormir dans sa petite maison, ils sont allongés dans leurs amples sous-vêtements chacun sur son futon. Elle sent ce pacte de sang. Elle se fait plus légère avec Tateru. Elle sait qu'à force d'être pesante, elle le perdra. Il partira muet comme les hommes qu'elle a connus. Elle a appris à percevoir ces instants friables, ce début de fuite, ce balancement de la feuille morte qui s'en va rejoindre le sol, un autre continent, une autre femme, une nouvelle solitude. Elle connaît cet ondoiement léger, cette oscillation maussade. Depuis lors, elle apprivoise les hommes. Leur apprend à ne pas avoir peur, à ne pas partir.

Tateru approche les quinze ans. Il n'a pas ce côté frêle des enfants de l'avant-guerre. La nouvelle génération est plus effrontée dans ses mots, son corps, ses rapports avec leurs aînés. La guerre a fait d'eux des individus pressés. Ils apportent au Japon et à sa culture de l'éternité une nouvelle dimension. Celle de l'instant. Il faut faire vite, de peur qu'une nouvelle bombe ne revienne avec ses pluies noires. Il faut vivre coûte que coûte. Ne pas attendre que les vents vident les voiles. La nature n'a donc plus de moralité.

Tateru livre à Minako cette étrange leçon. Elle qui n'est que patience, résignation, fatalisme, admet la dimension de l'inattendu, de la force des circonstances. Lorsqu'elle voit Tateru revenir de ses brèves escapades avec Ryu, elle est presque envieuse de cette liberté fraîche. Après tout, elle a quarante ans. Elle est jolie. Elle est libre.

Lorsqu'ils se promènent dans les rues, Ryu et Tateru s'amusent de tout, s'émerveillent d'un rien : les immeubles, les restaurants, les enseignes à spirales, les marchands de bicyclettes, de timbres, de roues dentelées, de baguettes. Un magasin les laisse estomaqués. C'est une boulangerie avec ses mies blanches, ses pains alignés.

Ils vont même à la gare d'Ueno admirer la première locomotive à sel au monde. Elle circule sur la ligne du Tôhoku, transporte une trentaine de litres d'eau de mer puisés dans le port d'Aomori et réapprovisionnés à Morioka, Sendai, Fukushima. Le procédé est tout simple : sous l'effet de la chaleur de la locomotive, l'eau, protégée dans une cuve, entre en ébullition, s'évapore et laisse en dépôt le fameux sel « ferroviaire ».

Ce soir-là, Ryu et Tateru rôdent du côté du Columbus Star. Un joueur de jazz donne un concert. On les laisse traîner en coulisses. Dans le dédale des loges et des rideaux, ils tombent sur un Américain, nommé David Fowley, une sorte de zombie aux cheveux si fins que le moindre courant d'air l'ébouriffe. Sur l'affiche de la soirée, on voit le trompettiste réputé fixant son instrument comme une bougie. Il ne ressemble à personne. Son visage est comme capté par un songe. Il est ailleurs, dans une idée fixe. Ryu et Tateru l'observent. David Fowley s'exerce à inspirer le plus longtemps possible. Puis il recommence les yeux menaçants, les doigts tombant des bras. Le trompettiste s'arrête lorsqu'il découvre Ryu et Tateru.

— Mais qu'est-ce que vous branlez ici ? Vous devriez être chez vous !

Ryu et Tateru ont gardé de Qingdao quelques rudiments d'anglais.

— On vous regarde !

— Ça, je sais !

— On voudrait savoir pourquoi vous faites de la trompette sans trompette ?

— Pour m'exercer, pardi !

Il continue. Tateru est subjugué.

— Monsieur ?

— Quoi encore ?

— En fait, qu'est-ce que vous faites de l'air que vous aspirez ? !

— Je sais pas moi… De la musique !

— C'est du vent aussi.

— Appelle ça comme tu veux. Enfin du vent, c'est pas franchement un compliment. Du vent… Pfuit. Du vent ?

— Oui, du vent !

— T'as raison, c'est du vent aussi ma musique. C'est vide, c'est ce que tu veux dire ? !

— Non, monsieur, les vents ce n'est pas du vide. C'est plein de mots, de notes…

— Ouais, je souffle dans le vent, c'est ce que tu veux dire.

— Oui, c'est exactement ça !

— Fuck, me voilà bien maintenant. Bon, c'est mon tour, les loupiots. Pendant mon set, je vous ferai un signe en me pinçant l'oreille. Ça sera pour vous, un signe secret et à ce moment, je vous dédierai un air sur le vent. Ça vous va ?

David Fowley grimpe sur la minuscule estrade du Columbus Star. La salle est pleine. La clientèle ? Moitié d'Occidentaux, moitié de Japonais.

Des soldats américains en grande majorité. On les reconnaît à leur crâne rasé avec un petit duvet en brosse sur le haut. Rasés comme Tateru et Ryu avec leur chemisette d'écolier blanche à losanges marron. Deux frères au teint couleur de biscuit. La clientèle japonaise est composée de commerçants enrichis à la recherche de toutes les sensations : grosses montres, repas sans fin, saké à perdre la mémoire, filles à perdre la raison. Jazz, parce que c'est dans la note. Quelques intellectuels au relâchement étudié, des couples perdus dans la ville, des hommes seuls et ivres. On ne voit pas grand-chose dans la petite salle striée par les strates de fumée de cigarettes.

Le set débute avec nonchalance. Le jeu du batteur en est sans doute la raison. Il balaye ses cymbales de ses plumeaux métalliques. Une sorte de langueur tout en retenue. David Fowley doit en avoir l'habitude. Il se retourne pour voir si le moteur va enfin démarrer. De l'autre côté de la scène, un bassiste tout petit au jeu compulsif. Il cahote des épaules et donne un groove tout en rondeur. Le trio Fowley, c'est une sorte de feu de cheminée.

À la fin de chaque morceau, la salle applaudit comme si la pluie tombait sur le toit de tôle. Il arrive que la pluie se mette à tomber en plein milieu d'un morceau.

Le set commence à trouver son envol. Le batteur s'éveille. Actionne la pédale charleston pour un morceau rempli de virages verdoyants.

Comment s'appelle cet air ?

David Fowley murmure un titre incompréhensible.

La salle applaudit un peu plus fort.

Ryu et Tateru fixent l'oreille de David Fowley. Celui-ci oublie sa promesse. Le set va se terminer. Le public bisse.

Lorsqu'il regagne la coulisse, David Fowley s'empare de sa flasque de gin, bascule la tête pour une puissante gorgée. Dans ce mouvement, il aperçoit les deux garçons, se souvient de son engagement. Il ne dit rien et remonte sur la scène. Regarde l'assistance et sort un borborygme qui doit être le nom du morceau.

— *Winds in the blow.*

Avant d'emboucher sa trompette, il interrompt son geste.

— Sorry, sumimasen.

Et se pince l'oreille.

Puis, il semble marmonner ce qui ressemble à un vieil air de folklore russe *a cappella*.

Il s'agit en fait d'un extrait de l'*Opéra de quat'sous* :

Ah voilà les plus adroits
Quand personne ne les gêne
Dans leurs luttes pour des proies
Qui point ne leur appartiennent.

Il porte alors sa trompette aux lèvres. Il part dans un long feulement. Doux comme le ventre d'un chien. Il pose son chant si bas que la salle se tait.

Une femme au bar s'immobilise dans son geste. Elle guette comme tout le monde où peut mener cette note si tendre, si apeurée, si fragile. Elle est seule, comme ces femmes que le destin sublime à leur insu. Elle dispose du tabouret de coin comme chaque soir. Elle s'accorde quelques instants de répit. C'est seulement à ce moment-là qu'elle goûte sa liberté. Libérée de son cœur, du téléphone, de son verre de whisky. Elle n'a besoin ni de mentir, ni d'inventer. Le barman organise un vide protecteur entre elle et les clients. Elle peut lire tard la nuit. Elle se fait appeler Joséphine. En fait son prénom est Yasuko, mais tout le monde la connaît sous le nom de Yang.

La note perdure sans pour autant perdre sa flamme. David Fowley lâche prise. Porte à nouveau la trompette à la bouche puis part comme dans une succession de petits cris, de plaintes animales. Ça s'arrête pour s'élever de plus belle dans des gueulements, des réclamations impérieuses. Il stoppe net. Tend l'index vers la coulisse. Qu'il rejoint.

Tateru vacille. Il voit sa vie scandée par les vibrations. Plus encore, maintenant que Ryu lui a appris à les observer, à les amplifier par l'attention. Ryu commence à partager ces instants de connivence. Lui aussi entre dans ces oscillations. En accueille la dimension interrogative, émerge de ses contemplations.

— Toi, là !

Ryu relève la tête. Au-dessus de lui, Shinpei, le serveur, son protecteur.

— Ce soir, j'ai besoin de toi. Cette dame au bar, là-bas, seule dans le coin… Tu la vois ?

— Oui, parfaitement.

— Tu dois lui remettre cette enveloppe. Tu attendras la réponse. Fais vite.

Tateru repart chez lui. Ryu se faufile dans la salle. Il salue. Glisse l'enveloppe sans qu'on s'en aperçoive.

— Comment t'appelles-tu ? Je te connais. Je te vois sans arrêt dans les parages. Ne serais-tu pas Ryu ?

— Oui, madame, et vous Joséphine ?

— C'est cela. Que fais-tu à ces heures, tu n'as donc pas école demain matin ?

— Non, madame. J'ai arrêté. Depuis, je me débrouille tout seul. Si vous avez besoin d'un aide, n'hésitez pas, Ryu est là…

— J'ai bien noté.

— Madame, quelle est la réponse que je dois rapporter ?

— La réponse est non.

Lorsque Tateru rentre à la maison, Minako l'attend. Il lui raconte sa rencontre avec le musicien, l'air du vent.

— Tu sais, Minako, je me suis rendu compte qu'il me manque quelque chose d'important...

— Quoi donc ? Ta maman ?

— Oui, mais bon, j'ai compris. Je ne suis pas franchement attendu. Non, ce qui me manque, c'est le grand air. Ce sont, pour tout dire, les vents. Depuis que je suis arrivé à Tokyo, je ne les ressens plus, je suis mal à l'aise. Je l'ai réalisé en parlant avec le trompettiste... Je manque de souffles.

— Je comprends, Tateru... Que faire ? Veux-tu que nous partions quelques jours, près de la mer, ça te dirait ?

— C'est possible ?

— Bien sûr !

— Alors oui. Mille fois oui.

La soirée se couche, l'air brasse la ville : de la graisse animale, des féculents grillés, l'haleine lourde de la nuit.

Minako et Tateru prennent le train à la gare centrale. Chacun d'eux a un petit sac en tissu doux avec à l'intérieur quelques vêtements, une Thermos de thé. Pas besoin d'emporter à manger, car sur la ligne qui les mène à la mer, ils trouveront un fameux bento réputé pour ses poissons séchés.

La journée est belle. C'est le mois de juin. Minako, sentant que les jours se réchauffent, a mis une robe de toile légère. Dessus sont imprimées de larges fleurs à corolles bleues. Tateru s'attarde sur les motifs. Sourit à sa tante.

— C'est très joli !

— *Arigato*[1] !

Par la fenêtre. La ville s'effiloche. Se débarrasse de sa poussière, de ses usines crachoteuses, de ses milliers de baraquements. Partir pour la campagne de Tokyo, c'est un peu monter dans une haute

1. « Merci ! »

tour. Les marches sont sales et sombres au début. On peine dans la spirale. Parfois, des meurtrières se laissent transpercer par un javelot de lumière. Puis au sommet, c'est la récompense, l'offrande d'un paysage.

Petit à petit, la campagne donne ses coups de langue, étire une parcelle de rizière.

Minako ouvre la fenêtre. Tout à coup, le compartiment accueille une légère bourrasque. Ils rient de bon cœur.

— Tu les as maintenant, tes vents !

Le voyage dure deux jours. Le soir, ils font comme tout le monde. Ils dorment dans les gares, pelotonnés l'un contre l'autre. On s'allonge sur le sol de la salle d'attente. Tateru se met en boule sur une natte, Minako se blottit contre lui.

Elle glisse tout naturellement son bras sur la poitrine de l'adolescent. Ce geste lui rappelle son mari disparu. C'est ainsi qu'ils dormaient l'hiver venu. Un instant Minako se surprend à ressentir une réelle volupté dans cette position.

Elle se ravise néanmoins. Son trouble a raison de son élan. Elle met un certain temps à s'endormir vraiment, s'éveillant chaque fois que Tateru cherche son aise en se collant contre elle. Dans son profond sommeil, il se retourne. Et cette fois-ci, c'est lui qui enfouit son bras dans les vêtements de Minako. Il émet un très léger sifflement. La main de Tateru est à présent sur la poitrine de

Minako. La jeune femme s'immobilise. Fixe le plafond. Une profonde chaleur s'empare d'elle. Elle s'efforce de se concentrer sur les dessins que quelques craquelures tracent au plafond. Elle se doit de rester impavide. Elle devrait retirer la main de Tateru. Ne le fait pas. Elle laisse juste cette nuit d'été déposer sur son visage quelques traits de félicité oubliée. Elle commence à sombrer lorsque l'annonce des premiers trains du matin secoue l'assemblée.

Le voyage reprend son rythme paisible. Les attentes pour les correspondances dans les gares sont interminables. Le compartiment se vide, se remplit au gré des arrêts. Les vêtements changent graduellement. Ils s'éclaircissent alors que les visages se colorent.

Le Japon a encore faim. On mange frugalement. Du riz. Des légumes, des racines. Des fruits. Lorsque la pauvreté est trop lourde, on cède ses vêtements. Dans la gare de Shikoku, Tateru voit une mère de famille échanger son vétuste kimono contre un grand sac de riz. Minako fait partie des privilégiés, elle bénéficie de la pension militaire de son mari.

— Pourquoi, ma tante, as-tu choisi d'aller à Kumano ?

— C'est simple, c'est le pays de mon mari Shingo. Et chaque année, je m'y rends comme s'il y était enterré. Il a disparu, j'aime à penser que c'est ici que rôde son esprit. Tu verras, c'est un beau pays. Une « terre pure ». Et toi qui aimes les forêts, tu vas être heureux. En plus, tu retrouveras tes meilleurs amis.

— Les vents ?

— Oui, Tateru… ils te manquent à ce point-là ?

Minako revit. Elle le lit dans le regard des hommes du wagon et des gares. Sa jolie robe à fleurs a beau être fripée par le voyage, elle attire les regards. Même les femmes aiment l'admirer. Parfois avec une nostalgie envieuse, parfois avec intérêt : où va-t-elle trouver cette grâce alors que la vie est si dure ? Comment peut-elle sourire ainsi alors que visiblement il n'y a ni père, ni homme pour la protéger ? Comment peut-on porter une robe froissée avec une telle assurance ?

— Nous voici au pays des arbres, Tateru ! Tu les vois ?

Quelle question ! Bien sûr que Tateru voit ces forêts immenses. Le train avance vers la péninsule de Kii. Parfois des exclamations, mais surtout une authentique piété populaire pour saluer, à travers les rideaux de cèdres et de pins, les temples dans le lointain…

Kumano approche enfin. Le jour tombe. Il fait encore chaud. Minako a télégraphié à ses beaux-parents l'heure de son arrivée. Ils sont là à la gare avec cette gaieté fatiguée des gens qui ont connu le bonheur. Ne l'ont plus. Attendent. Trichent avec leur désespoir. Ruminent. S'attachent à la terre. Désespèrent.

Dans la gare encombrée, ils prennent le soin de se saluer dans cet étrange ballet où les épaules marquent une destination. Ils esquissent une embrassade sans bras, creusent les reins, laissent la tête s'incliner dans cette fausse renonciation. Et recommencer. Qui se lasserait de laisser le corps penduler ainsi. Pour mieux infuser l'arrivée.

La belle-mère de Minako a préparé un festin de poissons qui rappellent à Tateru l'île de Qingdao. Des congres, des maquereaux bleus. Dans un maki, Tateru tombe sur un goût qu'il reconnaît illico.

— De l'huître !! C'était le plat préparé par ma tante. Elle savait faire mille recettes avec les huîtres... Kazuko... Kazuko, je ne sais même pas ce qu'elle a pu devenir, tu crois qu'elle est toujours vivante ?

Minako et Tateru dormiront dans la pièce principale. À minuit, les futons sont déroulés. Minako est de belle humeur, Tateru rigole encore des anecdotes de la soirée. Puis s'endort.

De nouveau, au cours de la nuit, il revient vers Minako. Se colle à elle. Minako laisse faire. Elle aime ce contact animal, le tiède sommeil de Tateru.

Aux premières lumières du jour, il fait déjà chaud. Elle détache la main de Tateru de son sein. Veut la remettre sur le ventre de l'adolescent dans une position naturelle. C'est alors qu'elle aperçoit le tatouage du camélia. Elle est si étonnée qu'elle s'en approche. Admire la belle précision des pétales, la houle de la corolle. Tateru dort encore à poings fermés. Minako profite de la semi-pénombre pour déposer un tendre baiser sur son ventre frais.

Minako et Tateru partiront se promener dans la forêt. Un bento est préparé ainsi qu'une Thermos de thé.

Il ne faut pas longtemps pour gagner les premiers bois. Plusieurs chemins pavés y mènent. Ils sont doux et moussus, égayés d'arbres aux essences variées. L'air est parfumé. Un très léger souffle le traverse. Un fruit tombe sur leur passage. Tous deux chantonnent…

Dzzz dzzz dzdz Dzdzzdz Dzdzzdz Dzdzz
Souffle le vent et tombent les noix vertes
Et tombent les nèfles acides
Dzzz dzzz dzdz Dzdzzdz Dzdzzdz Dzdzz

C'est alors que la forêt impose sa haute stature, sa rythmique comme dans une boîte de crayons de bois. Tateru est aux aguets. Tendre le nez, écarquiller les yeux, murmurer tout bas :

— Bunsô ?

Alors un souffle lui apporte une odeur de chèvrefeuille.

— Jochô ?

Alors un soupir lui présente une odeur d'arbre à kiwi.

— Hitonari?

Alors, une bouffée de lierres sauvages imprègne son visage.

— Kure?!

Alors une odeur de chair faisandée lui arrive d'un sous-bois ombragé.

— Kida?

Feuilles mortes de chêne.

— Hitonari?!

Senteurs de ferme.

— Jiro?!

Effluves désolants et restreints de ses chaussures.

— Kanki Kamisama?

Légère brise, fine et fraîche.

Minako éternue.

— Ah, dit Tateru, c'est un présage... On m'a dit que sur les îles de Goto au nord-ouest de Kyushu, celui qui éternue ne peut parler le même jour à son seigneur.

— Alors, je dois me taire, *tono*[1].

— Nous allons nous taire!

Le lendemain, Minako et Tateru se rendent sur la longue plage de galets de Shichiri, non loin du sanctuaire Hana no Iwaya. Ils visitent cette grotte

1. «Seigneur».

taillée dans un gigantesque bloc de calcaire. Minako explique à Tateru la légende de la déesse Izanami no Mikoto, mère des huit millions de divinités que compte le shinto.

— C'est ici, dit Minako, nous sommes dans la région du Japon qu'on appelle la terre pure. C'est ici que l'être peut renaître.

— Cela veut dire quoi ?

— Cela veut dire… Je ne sais pas… que ta vie peut prendre son envol, une autre direction, se diriger avec plus de détermination vers ce que tu désires.

À midi, ils déjeunent sur la plage. C'est d'ici que des prêtres partaient droit devant. Ils s'embarquaient pour l'au-delà. Pour ne jamais en revenir. Tateru retrouve les joies de son enfance. Il rayonne de félicité dans les vagues, asperge Minako.

Épuisés, ils s'étendent sur les nattes. L'air est immobile.

— Ne fait-il pas trop chaud, Tateru ?

— C'est si agréable !

— Mais vois-tu, pour que ce soit encore mieux, il suffirait d'un tout petit souffle d'air, ce serait le paradis !

— Le paradis, dis-tu ? !

— Oui, toi et tes amis vous pourriez faire un petit effort pour notre pique-nique. Est-ce trop te demander ?

Tateru prend la demande de sa tante très au sérieux. Il se lève. Marche cahin-caha sur les galets brûlants.

— Hanabusa ? !... Hanabusa ? Hanabusa ? !

— Mais que dis-tu, qui appelles-tu ?

— Ne m'as-tu pas demandé d'appeler mes amis, de rafraîchir l'air ?

— C'était une plaisanterie !

— Non, non... Tu vas voir. Appelons-le ensemble !

— Hanabusa... Hanabusa... Hanabusa...

Et Hanabusa vient.

Aujourd'hui, Kazuko ne cuisine pas des huîtres. Elle peste contre un homme. Celui-ci a passé des mois à la courtiser, à guetter un signe d'elle. Bien entendu, elle lui a préparé des huîtres. Mais ce soir-là, il n'est pas venu. Tous des couards, des sans cervelle !

Tout le monde sait ici que Kazuko est une experte de l'huître. Elle tient une petite table sur la plage de Xilin Zitou. Les hommes constituent l'essentiel de sa clientèle. Ils aiment son sourire de nacre, ses beaux cheveux tressés. Avis partagé par les épouses, les fiancées qui, si on le leur demandait, préféreraient, somme toute, aller ailleurs que dans cette petite cahute de plage.

Lorsque Kazuko quitta Qingdao, elle suivit le littoral. Et lorsque la température, l'air, le paysage furent à son goût, elle décida de s'arrêter. Il lui arriva mille misères sur le chemin. On lui vola bien entendu ses affaires. Elle faillit se faire agresser par des hommes ivres, des clochards teigneux, des policiers peu scrupuleux. Mais il faut croire qu'il y avait une bonne étoile au-dessus de Kazuko. Après des mois de marche, elle arriva dans cette petite péninsule éclatante d'iode et de lumière. L'air était clair, quotidiennement renouvelé par les vents de la mer. Personne ne l'avait respiré avant.

La crique était vide. Tout juste des barques de pêcheurs retournées, des filets étendus ; des algues et des poissons à sécher. Elle resta près des poissons pendant toute une journée, espérant enfin rencontrer leur propriétaire. Nul ne vint.

Le lendemain, un vieux monsieur arriva. S'étonna de voir cette femme seule sur la plage. Seule devant ses poissons. Pourquoi n'y avait-elle pas touché ? Comment y résister ? Que faisait-elle ici ?

Il apprit qu'elle était japonaise, mais ne s'en offusqua point. Après tout, la guerre était finie. Il y en aurait d'autres, de nouveaux envahisseurs, de nouveaux malheurs. Et lui survivait encore. Ils parlèrent. Elle lui raconta sa vie. Qingdao. Son petit neveu. La fin de la guerre. La fuite des Japonais.

L'homme lui demanda ce qu'elle allait faire. Partir ? Rester ?

— Je voudrais rester ici, je m'y sens bien. C'est tellement beau, tellement calme. Difficile d'y être malheureux, n'est-ce pas ?

— Bah, répondit l'homme en montrant la colline, regardez cette grande bâtisse. Vous la voyez ?

— Oui !

— Eh bien, il y a une vingtaine d'années, des Anglais sont venus ici. Comme vous, ils sont tombés amoureux de cette colline. Ils en ont chassé les quelques pêcheurs, ce qui ne fut pas trop difficile. Puis décidèrent d'installer un grand hôtel. Les travaux durèrent plus de dix ans... Regardez, ils ont même réalisé une route en pierre. C'était incroyable. J'ai cru comprendre qu'ils voulaient en faire un palace. Et y recevoir des gens fatigués car l'air ici est incroyablement pur.

— Et alors, pourquoi aujourd'hui cette maison est-elle à l'abandon ?

— On n'a jamais compris. Il y avait comme une malédiction sur ce projet. Les travaux n'en finissaient pas. Parfois, des pans de la colline s'effondraient, des ouvriers tombaient malades. L'architecte lui-même périt en chutant d'un échafaudage. Je m'en souviens fort bien. C'était un jour de grand vent. Ce qui est plutôt inhabituel ici. Et même rarissime, je n'avais jamais vu ce genre de phénomène : une sorte de petite tornade, têtue et vindicative. Elle fit voler quelques tôles. Et c'est ainsi que l'on découvrit le corps de l'architecte décapité par l'une de ses plaques en fer arrachée par le vent. Le chantier fut suspendu quelques jours. Un autre architecte prit la relève. Mais il ne s'entendit pas avec les propriétaires. La guerre est arrivée et voilà ce qu'il est advenu de la bâtisse.

Un conseil : n'y allez pas, l'endroit est dangereux. Pire, maintenant, tout le monde pense qu'il est tout simplement maudit. D'autres personnes ont voulu s'y attaquer, mais chaque fois elles ont renoncé.

— Je pensais m'y abriter, répondit Kazuko, mais tout ce que vous me racontez me fait un peu peur. Je vais sans doute poursuivre mon chemin, ce serait plus raisonnable.

L'homme lui répondit qu'il pouvait provisoirement l'héberger quelques jours dans l'une de ses cabanes. Ensuite, elle aviserait.

— Mais attention, si c'est calme en semaine, précisa l'homme, le dimanche, c'est noir de monde. Les habitants de l'arrière-pays adorent cet endroit pour ses plages et ses huîtres…

— Ses huîtres ?

— Eh oui, regardez tous ces rochers ! D'où croyez-vous qu'ils tiennent ces couleurs ?

— Si vous voulez, pour vous remercier, je vous ferai un plat d'huîtres…

— Avec plaisir, je viendrai avec ma femme !

Kazuko s'installa dans la cabane. Fit un peu de ménage, ouvrit grandes les deux fenêtres. Le soir, Kazuko était pleinement heureuse. Jamais elle n'avait habité un endroit aussi plaisant. Elle dormit bien. La crique était enveloppée d'un beau silence que seul venait brosser le mouvement des vagues.

Au petit matin, la vie était comme neuve. Kazuko organisa la cabane pour le déjeuner d'huîtres.

Elle disposa des rondins à l'extérieur et construisit à la hâte une table accueillante. Elle la décora de fougères, coupa quelques fleurs dans la colline et prépara un petit ragoût d'huîtres avec des herbes odorantes de la crique (du thym citron, de la camomille), des roses sauvages et de l'eau de pluie.

À l'heure du déjeuner, le couple de pêcheurs se présenta.

Ils furent stupéfaits par les changements qu'avait opérés Kazuko. Mais ils n'étaient pas au bout de leur surprise.

Le ragoût d'huîtres était savoureux. Jamais ils n'avaient imaginé que l'on puisse faire de la cuisine dans cette petite cabane. Jamais ils n'avaient goûté de préparation aussi délicate... à partir de quoi d'ailleurs ?

De presque rien.

— C'est juste l'air du temps, répondit Kazuko, et tout le bonheur que j'ai d'être ici. Je voulais vous remercier du fond du cœur.

Kazuko s'inclina avec beaucoup de charme.

— Restez-y tant que vous voudrez, dit l'homme avec un entrain qui assombrit son épouse... Je veux dire par là que nous pourrions vous le laisser contre un petit loyer. Vous savez, vous faites tellement bien la cuisine que, le dimanche, vous pourriez proposer des petits plats aux promeneurs. Parfois, il y a bien quelques marchands ambulants qui font des beignets de crevettes ou de seiches, mais ce n'est jamais fameux...

— Voilà, s'écria Kazuko, je vais faire des beignets d'huître !

C'est ainsi que Kazuko devint populaire dans toute la presqu'île. Ses beignets d'huître sont incroyablement légers. Elle les prépare comme elle l'a appris dans son enfance. De la farine, un jaune d'œuf. Un petit tour de main, et la fine crème se dépose irrégulièrement sur l'huître. Celle-ci est comme réinventée. Il y avait cette fine pellicule légère et croustillante. Lorsqu'on croque dans les tempuras de Kazuko, il y a sur le visage des clients un instant d'incrédulité. C'est si bon. On a l'impression de croquer une vague.

Kazuko eut tout le loisir de rendre sa cahute un peu plus coquette. Elle la repeignit en blanc. Posa des voilages aux deux petites fenêtres. Elle y vendait un peu de tout. Des petits colliers de coquillages, des fèves de café qu'un admirateur lui acheminait depuis les ports voisins. Des livrets de poésie, des ombrelles pour la plage.

Le lieu appartenait à la famille des bouts du monde. La route avait décidé de ne pas aller plus loin. Comme si elle était soûle de beauté, de lacets, de criques, de baies et de récifs. Ici, il n'y avait pas un chat hormis cette grosse boule poilue qui courait après les moustiques.

Les cafés de Kazuko connurent à leur tour un beau succès. Mais Kazuko n'était pas dupe.

Venait-on pour son sourire sauvage ou la qualité des fèves qu'elle torréfiait à présent elle-même ? Elle était habituée à servir une armada d'hommes vaguement amoureux, restant des heures à rêvasser au-dessus de leur tasse.

Un beau jour, un homme vint lui demander à son tour un café. Mais il le fit en anglais.

Kazuko questionna avec malice :

— *Iced coffee or hot coffee?*

— *Aisu tea*, répondit notre homme en jouant de façon désarmante sur le mot *Ai*.

Ai signifie « amour » en japonais.

Ce matin, Kazuko arrache les mauvaises herbes du jardinet. Elle remplit une cagette de légumes sauvages pour la coopérative agricole. Avec l'argent de la récolte, elle va pouvoir s'offrir deux serpettes flambant neuf. Ce matin, à l'aurore, il n'y a personne sur la plage.

Elle regarde la mer. Lui offre ce qu'elle a de plus beau au monde : son sourire de nacre.

Au Columbus Star, Ryu fait partie des meubles. Il gagne sa vie en rendant de multiples services. Shinpei, le responsable du bar, le charge de la surveillance : les abords du club, les allées et venues de certains clients, des serveuses, des quatre apprenties geisha attachées à l'okiya voisine. Rien n'échappe au garçon. Ni les vices des uns, ni la beauté des autres : les plus belles filles de Tokyo passaient forcément un jour au Columbus Star, les meilleurs musiciens de jazz aussi ; les bobines les plus drôles, les plus lunatiques.

Ryu est posé là comme une caméra. Ses yeux fonctionnent en travelling, ses oreilles en larges bobines, son cou comme une tourelle, ses épaules en cadrage constant. Il veut se démarquer ainsi de son père. Sortir de l'image fixe, des gestes immobilisés, de la prison du papier. Des images syncopées.

— Je t'observe, remarque Shinpei. Tu es devenu un véritable professionnel. On a besoin de gens comme toi pour consolider notre activité. Mais on a besoin aussi d'une totale confiance en toi. Tu m'as prouvé ta fidélité. Mais dis-moi, tu veux toujours faire du cinéma… Ou préfères-tu faire de l'argent ?

— Du cinéma, répond Ryu.

— Je vois… Pour faire du cinéma, il te faudra beaucoup d'argent, tu le sais ?

— C'est vrai. Que veux-tu me dire par là ?

Ryu et Shinpei s'isolent dans un coin du bar. Palabrent un bon moment, se saluent avec cérémonie puis regagnent leurs postes.

Le soir même, Ryu reprend sa faction. Depuis plusieurs mois, c'est la même chose. Suivre le va-et-vient des automobiles, se souvenir du visage des clients, connaître leur nom. Guetter le passage des policiers, les épier. Parfois, il s'assoupit quelques instants. La terreur le réveille. Peur d'être surpris, crainte de manquer la venue d'un client important, d'un maître du quartier. Ryu s'est trouvé une niche dans l'enchevêtrement des maisons. Il s'agit d'un petit balcon dépourvu de fenêtre. On n'y accède qu'en grimpant par la façade. Logé ainsi en hauteur du premier étage, Ryu bénéficie d'une vue insolente. Rien ne peut lui échapper.

Une nuit, il est le témoin d'une rixe assez vive entre son protecteur Shinpei et un client éméché. Rien de nouveau, ni de bien méchant. Sauf que le client est coriace. D'habitude, au milieu de la nuit, les pauvres bougres ne sont que des souches titubant sans direction. Ils butent sur un mur, s'affalent dans les marches, se relèvent. Reprennent leur balade de culbuto.

Celui-ci est rude. Il éructe. Traite Shinpei de voleur. Shinpei repousse mollement le récalcitrant, tâche de le raisonner. Ce n'est pas l'opinion du grand gaillard. Il veut en découdre. Shinpei, pensant que l'incident est clos, fait coulisser la porte d'entrée. Son client revient violemment à la charge. La porte sort même de son rail. Les consommateurs se réunissent pour chasser l'ivrogne. Il part. Jure qu'il reviendra. Ce qu'il fait. Shinpei l'accueille, le sourire froid. Le colosse sort une lame et tente de lui planter dans la poitrine. Ryu est pétrifié. Shinpei sort alors son poignard. Dans une impressionnante parabole, il tranche la gorge de l'homme. Stupéfait, celui-ci regarde fixement Shinpei, esquisse un geste. Si mou, comme né dans du coton. L'homme tombe à la renverse. Raide tué.

Shinpei regarde vers le balcon, fait un signe à Ryu. Tous deux hissent le corps avec beaucoup de peine dans une charrette. Puis se débarrassent du cadavre dans une rue en contrebas, loin du bar, dans l'obscurité fraîche de la nuit.

— On t'a vu, dit alors Ryu.

— Qu'est-ce que tu racontes ?! J'ai bien fait attention… Personne n'a pu voir ce qui s'est passé.

— Si, si je t'assure. Y avait ce clochard qui traîne dans les parages. Tu sais, ce loqueteux ?

— Lequel, il y a le choix…
— Celui aux yeux en bille de boulier.
— Ce pauvre type ! Il vient de temps en temps au bar. Il va falloir s'occuper de son cas.
— Que vas-tu faire, Shinpei ?
Un temps.
— Ce n'est pas moi qui vais faire. Ce sera toi. C'est ta première mission.

Le clochard est un habitué du quartier. Il tourne en rond, rôde à longueur de temps. Ryu le localise rapidement. Ryu tient à réussir son examen de passage. Il choisit à cet effet une très belle lame chez un marchand de sabres. Il passe bien une heure pour choisir son couteau. Shinpei l'accompagne. Le vendeur reste stoïque devant leurs conciliabules. Il a probablement l'habitude de voir les petits malfrats défiler dans sa boutique. Ces derniers n'y vont pas par quatre chemins. Ils ne veulent pas un couteau pour découper des poulpes, ni sculpter du cerisier. Ce qu'ils désirent, c'est une arme. Pas seulement une arme pour effrayer les couards et les imbéciles, mais une lame pour décapiter, égorger, perforer, tailler. Ryu voulait égorger. Shinpei l'en dissuade, lui fait comprendre qu'il s'agit là d'un travail d'une violence délicate. Mieux vaut commencer par poignarder le cœur. Tous trois tombent alors d'accord sur un couteau plutôt racé, avec une lame taillée comme une dent de requin, solide et ne pliant point. Il ne doit pas être trop grand pour être dissimulé dans les replis des vêtements, ni trop petit. Shinpei offre le couteau à Ryu et fait même graver un idéogramme sur le revers de la lame.

Ryu s'assoupit, le poignard à ses côtés. Il s'endort en songeant à la façon d'opérer. Il pense à chaque détail, au placement des jambes, au mouvement des bras et surtout retient la leçon de Shinpei. C'est l'épaule qui transperce, jamais le poignet, jamais la main. Ryu se sent prêt. Il a dans le regard cette lueur neutre, cette façon étrange de baisser les paupières, comme s'il avait peur que sa concentration, que son énergie ne traversent ses pupilles.

Ryu sait exactement où et quand il interviendra. Entre 4 et 5 heures du matin, au moment où les patrouilles de police se relâchent, passent le relais aux nouvelles équipes. Il a décidé de ne pas tuer le clochard pendant son sommeil, plutôt de face, en le croisant dans la rue. Il y a plus d'honneur et de courage à procéder ainsi. Ryu veut s'habituer à cueillir le regard de sa victime avant qu'elle ne meure. Il trouve indigne d'un tueur de procéder pendant le sommeil ou, pire, de dos. Il veut faire comme les samouraïs des récits de Tateru : se présenter avant l'ultime assaut.

Ryu décide d'attendre une nuit de faible lune. Il avertit Shinpei de son projet.

— Attention, ni faille, ni trace…

— Ni remords… Je sais. Je suis prêt.

Les nuits de petite lune sont toujours d'un grand calme. Comme si la mer était basse, la clientèle lasse. Rien à voir avec les nuits où l'astre éclaire les rues comme en plein jour. Ces soirs-là, tout se heurte avec véhémence. Les corps se bousculent. Les conversations tournent au vinaigre. On s'arrache les vestes. On se cogne comme si l'on avait coupé l'électricité. La nuit est comme un tissu froissé.

Ryu ferme les yeux quelques minutes. Un mauvais songe le fait sursauter. Il a perdu sa lame. Il palpe les entrailles de ses vêtements. Ne la trouve point. Une profonde angoisse s'empare de lui.

Serait-il aussi sot ?

Il palpe à nouveau ses vêtements, la sueur au front. La lame est là. Dans un pli. Ryu sent s'engouffrer en lui une panique adolescente. Celle des peureux. Celle des amateurs. Il met un moment à retrouver sa sérénité après s'être traité de tous les noms.

À 4 heures du matin, il se dirige vers le quartier voisin. C'est là que le clochard a ses habitudes. Ryu sait qu'il se lève alors pour changer de lieu. Il dort dans de vieux cartons près d'une cave chauffée. Ensuite, il gagne les gares pour surveiller les trains. Ryu s'est toujours demandé ce que ce pauvre bougre pouvait faire ainsi planté devant la foule affairée. Il ne loupe aucune arrivée à la station centrale. Shinpei lui explique qu'il cherche quelqu'un, une femme sans doute.

Logiquement, en remontant une venelle, il le croisera. L'homme a l'habitude de cheminer lentement, un vieux sac ficelé sur le dos.

Ryu n'a jamais été aussi déterminé. Aussi aiguisé que la lame de son poignard. Maintenant, il sait. Il est prêt. Il connaît par cœur les gestes du crime. Il a même hâte. Il sourit. Il a retenu les leçons de souffle de Tateru. Comment respirer au moment de frapper, comme retirer la lame sans jamais quitter le regard de sa victime. C'est à ce moment précis, lui a-t-on appris, que l'on sait si la lame a touché le cœur. Ne jamais quitter le regard, guetter l'âme au moment où elle se détache, où la vie renonce. Il faut autant de force dans le regard que dans l'épaule. Ne jamais faire de mouvement désordonné, rester fort à tout moment. Être imparable. Ressembler à la mort.

Le vagabond n'arrive toujours pas. Un brouillard inattendu vient camper sur la ville. Ryu n'aime pas ça. Maudit les cieux, implore les vents. Enfin une ombre chaotique s'inscrit dans la faible lumière de la rue. C'est lui.

Ryu est là comme un chat, impressionnant de muscles et d'acier. La silhouette approche. Ryu a un doute. Où sont le sac à dos, les haillons… ?

En fait, c'est juste un ivrogne rentrant à tâtons chez lui. Ryu le laisse passer. Celui-ci le découvre dans l'obscurité, le regarde comme un gosse. Arrête sa marche. Et part d'un rire démoniaque en le montrant du doigt.

Ryu est sur les nerfs. Cet épisode, ce rire moqueur. La hargne le gagne aux mors. Faudra-t-il aussi supprimer ce témoin ?

Et le vagabond n'arrive toujours pas.

Ryu décide alors de remonter le chemin. Il le fait avec une excitation grandissante. Son envie de tuer augmente à mesure que sa victime se dérobe. Il remonte la piste jusqu'à l'endroit où le clochard a ses habitudes. Il est toujours là sous son fatras de carton. Ryu ne se pose pas de question. La nuit avance, les patrouilles de jour vont bientôt prendre leur faction.

Il se dirige vers les cartons à grand bruit. Il souhaite toujours supprimer sa victime dans un face-à-face. Et non à terre, comme un vulgaire tueur. Ryu veut ardemment réussir son premier crime. Sans faille, ni trace, ni remords.

Ryu se rapproche du vagabond. Il est à présent au-dessus de lui. L'homme ronfle. C'est pitié de voir cette carcasse se soulever métronomiquement. Son odeur est si forte. Ryu donne un petit coup de pied pour réveiller l'homme. Celui-ci bouge. Puis retombe dans son sommeil, lui tournant à présent le dos. Le cœur de Ryu s'étreint violemment comme si sa propre lame le pénétrait. Il a le souffle coupé et ne peut s'empêcher d'ouvrir la bouche d'effroi.

La veste à soufflets…

Sur ses lèvres lui revient la ritournelle du bateau : « Tout maigre en veste à soufflets, chemise jaune pâle, pantalon sombre, chaussures de cuir… Tout maigre en veste à soufflets, chemise jaune pâle, pantalon sombre, chaussures de cuir… Tout maigre… »

L'homme est si maigre… Les chaussures de cuir sont rafistolées, la qualité originelle du pantalon disparue. Il n'y a pas de doute, cette nuque, cette taille, cette silhouette…

Ryu reste un instant accroupi. Les images se télescopent dans sa tête. Il lui semble que ses idées vont trop vite, se chevauchent dans un tohu-bohu vertigineux. Il en oublie même sa lame…

La lame a sa propre vie. Elle sort déjà de la poche. La main de Ryu est comme un animal pris au piège. L'homme se retourne dans son sommeil, devine confusément une présence. Ouvre les yeux. Sent son cœur brûler comme de la lave. La lame est déjà au fond.

— …

— Mais… c'est bien toi ?… C'est toi, mon fils… lui, toi ?… C'est bien toi !

— …

— Oh, si tu savais, je te cherche depuis des années. Si tu savais combien de trains j'ai pu guetter ! Combien de visages ont défilé dans mes yeux ? Combien de fois mon cœur a sursauté en découvrant des garçons qui te ressemblaient ? Com… Ryu, Ryu mon fils, mon fils tant aimé. Mais pour… Maintenant, tu ne peux savoir combien je suis heureux, satisfait, comblé. Tu ne peux savoir combien j'attendais cet instant. Maintenant tu sais, tout peut m'arriver, je t'ai retrouvé. Maintenant, tu sais, je peux mourir en paix.

Ryu dit alors un mot qui lui arrache le cœur.

— Papa !

Il a cette assurance trouble de ceux qui basculent d'un nuage à un autre, cette petite gloriole des habitués du plaisir, ce sourire enfantin. Celui de Ryu.

Il y a, au cœur des haillons, un jouet en bambou.

Cessez de vous en faire
Et suivez le courant
Si vos pensées sont liées
Elles perdent leur fraîcheur

Seng-ts'an

La dernière journée est un enchantement. Tateru et Minako rient. On se retourne sur la jeune femme. Son éternelle robe à fleurs bleues. Son mouvement gracieux, ses formes délicieuses.

— Pourquoi, demande Tateru, les hommes te regardent-ils de façon indélicate ? Ils devraient tout de même baisser les yeux, n'est-ce pas ?

— Ils me regardent ainsi parce que leurs yeux sont de cette nature. Ils ont de belles pensées, des mots choisis mais leurs regards prennent un autre chemin. Que veux-tu faire, la nature est ainsi ! Je ne vais pas m'arrêter pour leur faire part de mon désaccord.

— Ah oui, sinon, on y passerait la journée !

Ils se consacrent alors aux temples, aux plages, aux galets. Le soir, sakés aux voiles laiteux, poissons grillés, sommeil accueillant.

Une nouvelle fois, il vient se blottir dans le dos de Minako, fouille son kimono de nuit, trouve sa poitrine accueillante et s'endort ainsi. Elle comprend alors que sa poitrine est sous l'emprise de Tateru. Elle sourit de sa tendresse. Mais cette fois-ci, elle se retourne. Dans un demi-sommeil, Tateru suit le mouvement, est à son tour enlacé et ne réagit point lorsque les mains de Minako s'aventurent sur son corps.

Elle effleure le camélia pour se diriger vers ce qui lui semble naturel. Après tout, pense-t-elle, Tateru se porte vers ses seins. Le toucher la ravit. Elle oublie tout. Même son mari. Elle oublie tout. En laissant ses doigts ainsi, elle se reconnecte avec une part de sa vie. Elle peut goûter ce qui la rendait parfois plus dense, ce qui transformait sa carnation. Au début, elle pose juste ses doigts.

Elle a le cœur battant, comme habitée d'un remords. De la crainte que Tateru ne soit embarrassé, ne se réveille et s'étonne. Mais Tateru ne bouge pas. Il a juste amorcé un mouvement, seulement accentué l'aise de la courbure de ses fesses et de son dos.

Lentement, elle caresse Tateru. Il ne bouge toujours pas. Elle prolonge alors l'expérience. Ses seins caressent le dos de Tateru, son bassin épouse ses fesses. Minako continue jusqu'à ce que le sexe de l'adolescent devienne dur. Ce qui vient plus vite que prévu.

Le retour en train se passe au ralenti. Comme s'ils le freinaient. Attendre souvent, repartir. S'allonger dans la gare des correspondances. Ils y trouvent un coin tranquille dans la salle d'attente, s'étendent dans l'obscurité sur leur natte de voyage et s'endorment dans leur position favorite. Tateru glisse tout de suite sa main sur la poitrine de Minako. Celle-ci dans le même mouvement se fraye un chemin dans le grand short d'été de Tateru. Elle est étonnée de constater que son sexe est déjà dur. Alors, elle le caresse lentement mais avec dextérité malgré la position inconfortable de son bras dans le dos. Tateru ne dit rien, ne bouge pas. Laisse faire. Se libère d'un jet chaud de semence. Minako ralentit alors son va-et-vient, caresse le sexe avec cette crème toute chaude. Et ne bouge plus. Elle peut alors sentir toute la chaleur de Tateru, son cœur battre dans son dos. Elle retrouve le parfum tendre de l'amour.

Ciel bleu à Tokyo. Ryu tapote à la porte. Il est comme métamorphosé. Comme s'il avait gagné cinq centimètres, pris quatre ans en une semaine. Il est d'un calme impressionnant, le visage grave, les yeux comme bloqués dans leur orbite.

— Dis-moi, Ryu, j'ai l'impression qu'il s'est passé quelque chose. Tu as l'air sinistre.

— Pas du tout, raconte-moi plutôt ton voyage !

— Non, non. Tu sembles vraiment bizarre, je te jure.

— Non, j'ai juste égaré une clé et j'ai peur de me faire réprimander ! Raconte-moi la plage de Shichiri, la forêt, les temples, c'est aussi beau qu'on le dit ?!

— Plus encore. Tu ne peux pas imaginer. Tu sais là-bas, il y a ce fameux temple construit sur la terre de la renaissance. On dit qu'on peut y renaître. C'est un peu ça. Et question vents, j'ai été servi. Partout. Dans tous les coins ! Je leur ai rappelé nos promesses. Partir. Je ne veux plus aller à l'école, je veux faire comme toi. Travailler. Ne plus être à la charge de ma tante. Je vois bien qu'elle se sacrifie pour moi. Elle devrait pouvoir rencontrer un homme. Sa belle-mère le lui a même conseillé ! Qu'est-ce que j'ai à faire dans ces conditions-là. Je suis de trop.

— Ah ! Tu crois vraiment ?

Minako rentre alors de ses courses en ville. Elle invite Ryu à se joindre à eux pour partager les nouilles de udon. Ils racontent encore leur voyage, le pique-nique sur la plage, le temple, les promesses.

— Et vous, Minako, qu'avez-vous demandé à la déesse Izanami no Mikoto ?

— Rien de particulier ! Je suis très heureuse ainsi. Je ne vois pas ce qui peut me manquer.

— Un homme, s'écrie Ryu, vous êtes si jolie que vous pouvez rendre heureux un homme à nouveau, n'est-ce pas ?

Tateru fusille Ryu du regard. De quoi se mêle-t-il ? Quelle audace de parler ainsi à une femme !

— Un homme ? Un homme… Oui, mais je les connais, ils ont tous des défauts. Ils pensent bizarrement, font les jolis et ne s'intéressent qu'à l'aspect. J'ai toujours au fond de mon cœur mon mari. Il me fait toujours du bien. Et en plus, je n'ai plus à subir ses défauts ! Tiens, prends ton dessert, mange cette prune marinée.

La journée a été longue. Ryu salue la compagnie pour rejoindre son travail. Tateru et Minako déroulent les futons sur les tatamis.

— Tu sais, ma tante, je voudrais te dire ma promesse que j'ai dite à la déesse…

— Ah… Tu veux me le dire ?

— Oui, parce qu'il me faut ton assentiment. Je voudrais partir…

— …

— Je voudrais arrêter l'école, travailler comme Ryu. Je mets trop de temps à vivre vraiment. Les vents m'ont appris à déclencher les choses dès qu'on les ressent.

— Comme Ryu ? Mais ne vois-tu pas que ton ami fait de curieuses choses ? T'es-tu au moins interrogé une fois sur ce qu'il fabriquait ?

— Oui, je sais ! Il travaille dans le quartier réservé. Il aide tout le monde, il…

— Il « aide » tout le monde ?

— Oui, il porte le courrier, il ouvre les portes des voitures, il fait les courses des hangyoku-san, il…

— Tateru, je crains que tu ne réalises pas bien à quoi correspondent ces fameux coups de main. Il travaille dans un monde de brigands, de prostituées, de drogués et de joueurs. Et vraiment, je serais la dernière des criminelles à t'encourager à y aller. Un jour, tu reviendrais me voir en me reprochant violemment de t'avoir conduit dans ce monde… Je les connais trop ces gens-là, ils seraient capables de tuer père et mère pour parvenir à leurs fins…

— Oh !

— C'est une façon de parler.

— Alors qu'est-ce que je dois faire ?

— Lisons ensemble les petites annonces, demandons autour de nous, mais pas de Columbus Star. Surtout pas, promets-moi !

— Bon d'accord, promis.

Ryu rejoint une amie au Columbus Star. Elle s'appelle Yuki. Officie dans une maison de massage. Tous deux partagent le même sort, les mêmes silences. Ils font partie des poussières d'étoiles. Des bordures. Ryu a croisé Yuki au hasard des enveloppes qu'il dépose ici et là. Yuki avait été intriguée par ce jeune adolescent à la fois frêle et déterminé. Elle s'est habituée à ses passages réguliers, elle lui demande quelques services. Se laisse raccompagner lorsque la lune est trop forte, les clients trop énervés. On ne peut pas dire que Yuki soit une splendeur. Elle n'a pas une silhouette aussi réussie que les filles du Columbus Star. Non, elle semble plutôt banale, dissimule un corps tout en douceur. Elle a juste ce regard distancié, cette lointaine ironie. On lui reconnaît aussi des vraies qualités de masseuse.

C'est elle qui fut la première de Ryu. C'est elle qui prit les devants un soir alors qu'elle le sentait triste. Après tout, elle a le droit elle aussi d'avoir ses caprices, de choisir qui bon lui semble. Elle subit suffisamment l'état des choses pour de temps à autre faire ce qui lui plaît.

Elle s'occupe de Ryu comme elle le ferait d'un client fidèle. Elle profite d'un moment calme de l'après-midi pour l'inviter dans sa cabine. Elle lui demande de se déshabiller. Elle découvre ce corps tout maigrelet, avec des bras et des jambes de crevettes. Elle le lave comme elle a l'habitude de le faire. Passe une poudre de savon sur tout le corps et le frotte énergiquement. Ensuite, dans le petit réduit de la douche, elle se met nue à son tour et poursuit la toilette du garçon. Elle le fait comme le ferait une maman avec son enfant ; s'affairant sur les zones de crasse, s'inquiétant des petites irritations de la peau, d'une nuque trop sèche, d'un coude écaillé.

Ryu ne dit rien, se laisse faire. Il attendait confusément ce moment. Pas vraiment. Il n'a jamais su comment s'y prendre avec Yuki. Il éprouvait pour elle un curieux sentiment, une sorte d'animalité partagée : vivre pour vivre, se battre pour survivre, serrer les mâchoires, fixer un point au-delà. Il aime la franche douceur de cette fille, son assurance paisible qui tranche avec le côté excessif des autres. Tous deux partagent une chose : le silence. Ils peuvent passer de longs instants ainsi. Se reposent-ils ? Veulent-ils se dire des choses? Ils ne savent jamais. Ils s'épient. Parfois s'enlacent, se caressent, tombent de sommeil l'un contre l'autre. Les parois de papier absorbent quelques murmures de la ville, des conversations lointaines, puis la nuit les couvre.

Ryu est son garde du corps en quelque sorte. Il surveille la cabine. Si parfois des clients sont trop bruyants ou trop éméchés, il intervient. Non que sa carrure soit impressionnante, loin de là. Mais il dégage une concentration telle qu'on se demande ce qui peut bien sortir de ce jeune homme.

Les tensions retombent toujours. Yuki peut continuer de recevoir ses clients, Ryu regagne son observatoire. Il repart comme tous les hommes, avec la froideur de la satiété.

Ryu peut passer des heures et des heures à surveiller. À suivre dans un lent travelling les allées et venues. Il construit ses films, imagine des histoires. Incarne tous les bruits : des socques de bois sur un plancher et leurs quarts de rythme, le jet d'urine sur des feuillages de cèdre, le froissement de persiennes de bambou. Même lorsqu'il retrouve Yuki, il enregistre mentalement les scènes. Parfois, elle s'agace de son côté taciturne mais renonce à lui demander autre chose. À quoi bon, pense-t-elle, voudrait-on la changer qu'elle trouverait le dessein incongru. Alors Yuki continue à masser les hommes, à apaiser les chairs, à pétrir les tristes, à repasser les âmes comme une lavandière. Elle connaît son monde sur le bout des doigts. S'attaque aux épaules de pierre, aux nuques douloureuses, aux mains vides de tendresse. Dans son monde du silence, elle accueille ce qui reste de ces hommes, de ces ultimes sursauts, de ce qu'ils veulent bien encore donner. Parfois ils s'endorment, ronflent comme des chiens, sursautent. Elle est là comme un phare à l'entrée du port, balayant leur horizon du bout de ses doigts, revenant sans cesse, pour rassurer, calmer, éteindre enfin.

Parfois Ryu vient avec des ardeurs inextinguibles. Il faut alors le détendre, le brosser, le frotter à l'œuf et au sel d'Osaka. Calmer le feu de ses yeux. Le vider de ses lances. Lui caresser les cheveux, l'embrasser même sur la bouche. Il soupire. Vide sa poitrine de ses souffles courts, de ses larmes rentrées. Il parle parfois. De ses yeux qui regardent trop, de ses mains qu'on ne laisse pas faire.

Ryu raconte les images qui lui passent par la tête lorsqu'il s'allonge. Il explique à Yuki ce qu'il peut voir une fois les yeux fermés. Parfois, c'est bizarre : la poignée d'une valise. Désirer aussi : un paysage qui lui manque, une ville qu'il ignore, un visage qu'il n'a jamais rencontré. Tout s'anime alors avec une logique incertaine. Yuki écoute ses récits. Il lit comme dans un jeu de cartes. Sa voix perd parfois son contrôle. Baisse d'un ton. Bute sur des syllabes.

— Oh, des montagnes mauves… une rivière, des pommiers en fleur… des enfants jouent le long du cours d'eau… des courses de bateaux en bois… l'arrivée des mamans… son visage… des mots que je ne peux pas entendre…

Yuki ne s'ennuie pas. Elle s'embarque avec lui comme dans une nacelle. Lorsque Ryu ne parle pas, elle le relance.

— Et là, où es-tu ? Dis-moi, emmène-moi !

Elle prend garde de ne pas le fatiguer. Tous deux ne font que rarement l'amour parce qu'elle ne veut pas trop qu'on la touche. C'est elle qui décide Sa petite cabine de massage est son royaume. Elle y édicte les règles. Lorsqu'elle veut faire jouir Ryu, ils vont sous la douche chaude. Elle se met dans son dos, pose son visage sur ses épaules. Ses mains caressent le sexe de Ryu. Il vient vite. Elle le sèche.

Depuis longtemps, une question embarrasse Ryu. Une marque sur l'épaule de Yuki l'intrigue. Un « C » marqué sans doute au fer rouge.

Il ne peut s'empêcher d'imaginer la scène, le feu, la chaleur insupportable, la chair brûlée, la douleur. Celui qui apposa le fer n'est peut-être pas loin, derrière la porte ? Ryu pense aussi à Tateru, à ce coup de poignard, au camélia éventré.

— À quoi rêves-tu, Ryu ?

— À rien. Ou si. À ton épaule, chaque fois je me demande…

— Oh, la marque ?

— …

— C'est juste une lettre. Que veux-tu savoir d'autre ? Si ça fait mal ? Qui a fait cela ? Pourquoi ? Comment ? Où ? Cela n'a aucun intérêt. Je suis sûre que tu as suffisamment d'imagination pour deviner les réponses. Je préfère quand tu me racontes tes histoires, tes films plutôt que de te sentir ailleurs. Pas vrai ?

Elle l'embrasse sur les yeux. Lui met de la crème sur les coudes. Le laisse s'endormir sur le lit. Le veille comme s'il était souffrant. Parfois, Ryu sursaute. Yuki le calme.

Ce jour-là, Ryu repart. Parle seul dans la rue. Rien ne lui convient. Cet assassinat l'a ravagé. Lui qui pensait traverser le miroir, rejoindre les souffles promis. Le voici planté sur une butée, au milieu de la rivière, perdant pied. Il voulait rejoindre l'autre rive, celle de la résurrection, d'une vie accélérée, à l'écoute. Le voici anéanti, bon à rien, furieux. Le voilà encaissé, vidé, loin de ses extrémités. Une décision naît alors en lui, comme pour s'éclaircir, rejoindre les essences : ne plus revenir chez Yuki, détaler comme un cerf. Avancer, se purifier dans le sacrifice, vaincre autrement.

Chaque matin Tateru court acheter l'*Asahi Shinbun*. Avec sa tante, il parcourt les petites annonces. Plusieurs fois, il a failli être pris mais trop jeune, pas d'expérience… Tateru prend sa vie très au sérieux. Il cire ses chaussures, porte un pantalon. Il postule ainsi chez un fleuriste, un marchand de clous, une blanchisserie, un magasin de papier, un fabricant d'éventails, une usine de bobines de cuivre. Il aurait adoré travailler chez un photographe. Trop jeune encore. Le responsable du magasin se refuse d'enfermer toute la journée dans le noir un jeune garçon parmi les odeurs âcres de révélateur et de fixateur.

Minako tombe enfin sur la bonne annonce.

— Serveur dans un restaurant ! Oh, c'est bien, ça. Écoute-moi, tu vas voir du monde, tu mangeras à ta faim. C'est une grande chance. Tu pourras même m'inviter !

Tateru se lève tôt. Redécouvre Tokyo sous un autre aspect. Lui qui était préservé, choyé, savonné, se retrouve dans la ville au réveil. C'est un choc. Il loupe une station de tramway, se perd. Il va être en retard, il faut faire vite. Mais la ville se recroqueville sur lui. Elle le brosse, le bouscule dans la moiteur de l'été. Il fait déjà si chaud. Les corps sont luisants, transpirent abondamment. Tateru a comme des vertiges au creux de cette marée humaine. Ces hommes et ces femmes jetés les uns contre les autres. Il découvre que Tokyo sent des pieds, de la bouche. Elle est à bout de souffle. Tokyo crève de faim, de canicule, de monde. Des tourbillons, des grappes d'individus mal nourris dans une ville encore brinquebalante, faite de planches, de pontons, de terre battue, d'électricité rafistolée, de vitres cassées. Des visages inquiets, creusés, durs, sauvages ; des gestes nerveux, de la rage, de l'impuissance. La ville n'est que frustration, attente, rancœur.

C'est l'énergie qui vient balayer cette foutue misère, l'espoir de s'en sortir. Tokyo bouillonne, mieux, elle peste. Tokyo est en colère. Colère de se voir en si mauvaise posture. La ville n'est qu'impatience, indignation, prête à exploser. L'été la fait suffoquer. Alors, elle exalte. Que de misère, que de femmes esseulées, d'hommes veules. De cabanons, de terriers, de niches, de maisons en tipis de planches bricolées, de tôles branlantes. D'Américains klaxonnant.

La ville pue de mille façons. Petits souffles malsains, bouffées saumâtres, vapeurs ammoniaquées, tournées, sures ; pets, rots, éventails, mouchoirs sur le front, Tokyo digère mal les nourritures avalées par des affamés, gobant des bols de riz comme s'ils allaient mourir dans la seconde. Gorges assoiffées, regards chavirés déjà au petit matin, la nuit fut mauvaise. La ville toujours infestée de moustiques, de rats, de viandes soûles, de cris, le harcèlement de ceux qui ne veulent pas quitter la nuit. La musique aigrelette d'un harmonica.

Dans ce tumulte, Tateru se concentre. Il parvient à trouver un repli dans le décrochement d'une ruelle. Il palpe ses poches, s'aperçoit que les grosses gouttes de sueur qui lui dégoulinent du menton annonçaient quelque chose. Son porte-monnaie a disparu. Il était si petit. Lorsque le sort devient mauvais, il faut absolument s'en défaire. Tateru réalise alors l'étroitesse de sa vie. Un rien peut le faire dérailler. Il peut se faire dépouiller en un clin d'œil, perdre vraiment son chemin. Alors, il se concentre vraiment. Localise le soleil, les petits souffles d'air. Il parvient à distinguer des strates, reconnaît même de vieux vents venus de la baie de Tokyo, arrivant en vrac tout cabossés, des souffles d'arbres lointains minces et aussi fragiles qu'un fil. Aujourd'hui, beaucoup de sales brises annoncent l'orage. Il faut faire vite.

Tateru murmure comme un vieux bonhomme, fulmine, raidit ses poings, appelle ses amis avec ferveur, puis avec impatience, une colère froide.

— *Gambatte*, s'écrie-t-il, *gambatte kudassai*[1] !

L'orage gronde. Au début, déboule un vent fort, presque lumineux. Le ciel menace, envoie des signes. Il gonfle l'atmosphère, la charge de nuées, énerve les chiens. Les formes changent, les arbres s'impatientent. Puis, il s'abat comme une claque magistrale sur la ville. On court dans tous les sens. Tokyo tourbillonne comme le tambour d'une machine à laver. Elle n'est qu'eau, cavalcades, silhouettes galopant, ombrelles comme des pétales, bourrasques collant les vêtements à la peau. Les gouttes semblent s'amuser de leur effet. Il faut voir tout le monde voltiger, gonfler les abris, se bousculer, s'invectiver. La boue n'arrange rien. On peste, on maudit le ciel, le jour et la nuit. Tateru se présente en retard à son rendez-vous. Il s'excuse, raconte la pluie, son porte-monnaie, le tramway.

Trop tard. La place est prise.

Tateru n'insiste pas. Il tourne les talons. Il se sent si mal qu'il voudrait se mêler aux gueux, aux malfrats, aux petites gouapes, aux arnaqueurs, aux voleurs de porte-monnaie, son voleur, le suivre dans son sillage âcre, ses fumets sauvages.

1. « Allez, courage ! »

Au moins, il aurait trouvé une nouvelle fraternité. Il erre tel un désespéré.

Son moral est au plus bas. Il avise un coin de banc dans un square gris de poussière. Il fixe longtemps ses pieds. C'en est maintenant fini d'être petit, de traîner comme tout le monde.

Le temps est si lourd. Il ramasse une feuille de palmier et s'aère. Il crée un petit souffle. Il le trouve à son goût, guilleret, tonique, enjoué. Il relève les épaules, se sourit, regarde le soleil qui terrasse la ville.

Lorsqu'il arrive chez sa tante, celle-ci est impatiente de connaître le récit de sa première journée. Elle écoute, désolée, et ne peut retenir quelques larmes. Tateru prend alors l'éventail de sa tante. L'agite avec bonne humeur. Voici de nouveau le souffle qui l'a réanimé l'après-midi.

— Le sens-tu ?

— Oui, c'est frais, continue, ça va déjà mieux !

— Te souviens-tu de la phrase que nous avions entendue au bord de la mer ?

— Ah oui, c'était quoi déjà, le malheur…

— Le malheur forme ou écrase, tu te souviens. Où avions-nous entendu ça ?

— Au cinéma !

Ils prennent un bouillon, du riz. Il y a si peu à manger.

— Tu sais, ma tante, on pourrait retourner dans le restaurant, tu mettrais ta jolie robe. On essaierait de convaincre le patron. Il me semblait bon et un peu triste de me voir partir ainsi.

Face à toi, je suis sûr qu'il aurait envie de faire un effort, de me proposer un essai !

Minako ne veut pas décourager Tateru. Elle dit oui. Ils parlent de la robe. Et finalement optent pour celle aux fleurs bleues, celle qui avait eu tant de succès au bord de la mer.

Ils se réveillent de bonne heure. Ils reprennent le même chemin et peuvent vérifier tout le long combien la robe bleue a toutes les chances de triompher. Au regard des hommes, Tateru réalise qu'il est accompagné d'une belle femme. Pour la première fois, il admet que Minako n'est pas seulement sa tante. Mais qu'elle est jolie, et qu'elle est à ses côtés. D'ailleurs, les regards passent de l'un à l'autre non sans curiosité. Ces regards d'homme ont du mal à admettre qu'il s'agit de deux membres d'une même famille ; d'une quasi-mère et de son fils. Il se tisse autre chose entre ce beau garçon aux traits doux et aux cheveux ras et cette belle femme aux formes épanouies, à l'allure si sûre.

Il se dégage d'eux la magie veloutée d'un couple d'amants. Celle-là même que l'on cueille au petit matin dans les rues de toutes les villes du monde ; ce mince duvet de caresses, ce nuage d'étreintes, de regards, cette électricité irradiante, ce fil invisible qui agrandit le monde. Même lorsqu'ils ne se tiennent pas la main, deux amants ne peuvent être séparés.

Au restaurant, la prédiction de Tateru se révèle juste. Le patron n'a d'yeux que pour Minako. Il les convie dans son bureau recouvert de photos de jeunes femmes de la troupe théâtrale Takarazuka. Il porte une veste en alpaga noire. De sa poche émerge un carré de soie parfumé à l'eau de Cologne. Lorsqu'il le dégage pour s'éponger le front, le parfum avec sa vivacité de yuzu touche immédiatement Minako. Comme si on lui glissait un mot à l'oreille.

— C'est dommage, lui dit-il en aparté, que ma femme soit la caissière, sinon la place était pour vous. Mais votre Tateru a l'air volontaire et j'aime ça. Dans ce genre de boulot, si vous êtes là comme un banc sous la neige, c'est inutile. Il faut sans arrêt réveiller l'appétit des clients, les encourager à goûter tous les plats.

— Vraiment, vous le prenez alors ?

— Oui, mais attention, il y a déjà quelqu'un à ce poste. Je garderai le meilleur. Votre neveu doit le savoir, il est là en supplément. Au début, il n'aura que les pourboires. Si ça marche, on fera le point après. Ce sera l'occasion de vous revoir… Il commence dès midi. À bientôt !

Tateru découvre un univers où jamais il ne faut être distrait. Il apprend à balayer du regard les tables, à vérifier le niveau des verres, du bol de riz, de la coupelle de sauce soja, la position des baguettes, un plat manquant, une assiette en berne, un index levé. Il ne sait rien des restaurants.

Celui-ci est une drôle de chose, une table d'inspiration occidentale appelée Auberge Comme ci

Comme ça. Le patron, surnommé Jean-San, n'est pas français. Il ne connaît pas ce pays. Encore moins la cuisine. Il pense juste qu'avec un nom exotique, sonnant bien, il touchera une clientèle originale, curieuse de nouveautés. Jean-San salue toujours ses clients par un sonore *bonsoir* même lorsqu'il est midi. Il boit toujours une coupe de champagne, même le ventre vide, et assume ses faiblesses avec élégance.

Il y a un mot que tout le monde doit apprendre dans le restaurant et que l'on doit servir à tout instant. Un cendrier manque, une fourchette tombe, un peu de sel fait défaut, l'addition tarde à venir, la musique est trop forte, les pommes de terre sont en quantité insuffisante, le thé trop froid, le café trop brûlant, il faut répondre impérativement : « Enchanté. »

Les heures passent vite, car un restaurant fonctionne à la rapidité. Il faut toujours accélérer, singer parfois l'empressement, imiter l'urgence. Mais ne jamais courir. Faire tout de suite, être sur le qui-vive, ne jamais regarder l'heure, avoir l'« enchanté » prompt et automatique. Il n'y a rien de français à la carte ; à part une poire belle Hélène servie sans poire ni chocolat, mais avec des kakis et une crème de marron. Mais c'est l'un des desserts à succès de l'Auberge Comme ci Comme ça.

Lorsqu'il rentre tard le soir, Tateru rapporte toujours avec lui des restes du restaurant. Ils organisent rituellement leur souper à partir d'un véritable bric-à-brac des reliefs des assiettes délaissées : des légumes, des poissons, parfois même de la viande. Fonds de bière, litchis entamés, prune flétrie, pains secs.

Tateru raconte toutes les histoires du restaurant. La terreur que le cuisinier impose aux serveurs, sa façon de les agonir de reproches lorsqu'un plat tarde à partir, lorsque la commande est imprécise. Les manières des clients, les odieux, les gentils, les indécis, les absurdes revenant sans arrêt sur leur choix. Les couples, les jolies clientes ; les pourboires.

Il raconte même la venue d'une de ses idoles, le fameux sumo et futur catcheur Rikidozan, son héros. Jamais, il n'avait pensé qu'un jour il lui servirait une salade de pousses de bambou. Il a été fasciné par le couple qu'il formait avec une blonde occidentale. Jamais il n'avait vu une femme aussi spectaculaire dans sa robe moulante, le mouvement incessant de ses cheveux, ses rires éloquents, sa façon de faire perdre ses moyens au catcheur. Tateru vit ainsi cet homme terrible devenir doux comme un agneau, docile comme un élève. Ils burent beaucoup de bière et de saké chaud. À la fin du repas, elle a planté un morceau de sucre dans le bec de Rikidozan et l'a embrassé lentement. Il resta immobilisé comme si l'électricité était entrée en lui.

De son balcon d'observation, Ryu découvre des scènes nouvelles. La banalité ne l'ennuie pas, elle ruisselle de détails, de points invisibles. Un rictus, un genou écorché, un grain de beauté. La nuit l'embarque avec plus de force. Les attitudes deviennent imprévisibles. C'est ce qu'il appelle ses « films » qu'il déclenche en posant simplement son menton sur ses paumes.

Dans le jeu des reflets de plusieurs fenêtres, à certaines heures, s'offre le spectacle diaphane des chambres de l'okiya, ce pensionnat d'apprenties hangyoku.

La maison avec ses lourdes tuiles en vieil argent, ses murs, ses cloisons en bambou et érable dénote dans le quartier. C'est néanmoins sa fierté. On voit peu les minarai dans la journée. Elles glissent furtivement.

Le soir, elles partent en trottinant à leurs rendez-vous sur leurs hauts sabots de bois brodés. Leurs petits pas sont charmants. Ils mettent en valeur

leur silhouette et le jeu sophistiqué de leur kimono. Il ne s'entrouvre aux chevilles que sur le mouvement des brocarts.

Les hangyoku appartiennent à un monde inaccessible pour le commun des mortels. Il faut être non seulement riche mais très riche pour oser espérer rejoindre ce monde délicat. Ryu se nourrit de cette absence d'images. Elles enrichissent son imaginaire, développent ses pensées. À force de frotter le réel, celui-ci s'estompe. Ryu est alors de plain-pied avec cet autre monde inaccessible qu'il ne cesse de construire. La vie le rebute. Elle le chasse dans un ailleurs qui l'aimante. Il va même au-delà des vibrations si chères à Tateru. Il a trouvé la minuscule porte qui le dépose sur ces terres douces, vierges. Celles-ci acceptent volontiers les jeunes femmes lointaines, espérées ; les somptueux kimonos, les ceintures de soie qu'il entraperçoit dans la journée.

De son angle de vue, l'image n'est pas nette. Comme si l'on avait interposé plusieurs rideaux crème entre Ryu et la rue. Mais en se concentrant bien, il parvient à reformer un dessin. Si tramé qu'il ressemble à une aquarelle, qu'il appartient au domaine du songe.

Ryu a découvert l'imperturbable rituel d'une jeune fille. Il sait précisément quand elle rentre. Vers une heure du matin. Elle se déshabille dans l'obscurité. Il ne peut rien voir. Il lui suffit de savoir qu'elle est là. Il la voit passer, devine son chemin, la montée des marches, le glissement des parois coulissantes. Le silence de sa chambre couleur de miel. Il devine les gestes. Ses innombrables ceintures à ôter ; le dernier kimono. La chair blanche. La nuit porcelaine.

Cet univers diaphane s'éveille au petit matin. Ryu est déjà là comme un héron sur son balcon. Il parvient à apprendre que cette jeune fille prénommée Yuko a dix-sept ans. Elle a quitté la ferme de ses parents, poussée par la pauvreté et probablement vendue à l'okiya.

Elle s'appellerait Mamechiyo.

Elle avait été adoptée par une grande sœur, une geiko, sous la haute surveillance d'une femme autoritaire, la mama-san. Elle aura donc accepté l'ordre implacable de l'okasan, la discipline du divertissement. Elle est entrée dans ce couvent de l'émotion, de l'élégance, de l'iki, qui voudrait associer un panache discret à l'exquis. Au chic.

Aux premières lueurs du jour, elle sort de son sommeil, impeccablement allongée, protégeant ainsi sa coiffure. Au début, elle répandait de la poudre de riz blanche sur son futon pour s'astreindre à ne pas bouger, si bien qu'à présent elle passe ses nuits comme une momie, impavide, comme statufiée, loin d'elle, plantée sur son oreiller en bois.

(Un temps)

Ce que Ryu attend avec impatience, ce sont les leçons de shamisen, ce fameux luth en bois de santal à trois cordes. L'okiya vit alors au rythme singulier de ce son espace minéral, pincé à l'aide d'un plectre en ivoire, une sorte de médiator triangulaire.

(Un temps)

Ryu s'arrête presque de respirer pour mieux entendre. Se laisse taillader par le silence; se brise le cœur sur les chants mélancoliques, vacille sous les fréquences hétérogènes. Le chant va jusqu'à oublier sa propre voix.

Il meuble ainsi son nouvel univers. Au diable les trompettes et les accélérations, il se soigne au déchirant et au sublime.

(Un temps)

Dans l'air moiré, il suit la journée de la jeune fille. La devine pensive, probablement en train de lire. La retrouve dans une autre pièce à l'heure de la cérémonie du thé. Il reconstruit son mouvement d'une grâce infinie lorsqu'elle saisit le petit fouet pour battre le liquide. Le faire mousser. Son tombé du poignet, son buste droit, ses épaules dégagées.

Mamechiyo est une des plus jolies apprenties geisha du quartier. Traits lisses, le nez est droit, ses yeux en amande effleurent le visage. Peau de porcelaine, nacre de l'iris. À midi, un déjeuner pris à la hâte dans une autre petite pièce. Au menu : bouillon et tempuras de racines de lotus. Ensuite, elle file en ville effectuer des achats. Ryu l'a prise plusieurs fois en filature : achat de fards, de fonds de teint, d'une ombrelle pour les premiers soleils, de nouvelles barrettes pour sa coiffure. Mamechiyo ne paye pas. Elle signe une facture. Laquelle sera adressée à l'okiya.

À 16 heures, il faut déjà se hâter, commencer à s'apprêter. Le buste dénudé. Le maquillage en blanc de la nuque. La lèvre inférieure passe au carmin, pendant que les commissures des yeux glissent au rouge, les dents à la cire noire. Le fard rouge déposé comme des guillemets. Mamechiyo officie agenouillée sur le tatami dans sa petite chambre avec l'aide de sa servante. Ensuite, elle s'attaque à sa chevelure gaufrée, disposant avec une science précise les clinquants. Ils peuvent être argentés, ou alors dorés… montés de bouquets, de fleurs à faux diamants, de retombées de glycine ou de saule en filigrane d'argent.

À 17 heures, le regard de Ryu glisse sur une autre pièce. L'habilleur vient de grimper les escaliers quatre à quatre. Il faut vêtir Mamechiyo, ceinturer le magnifique kimono du obi, cette large ceinture de plus de deux mètres de long, disposer les plis. Faire retomber les deux pans de l'obi, tirer sur les tissus, disposer les manches si longues, nouer dans le dos. Ryu imagine le claquement de la soie bousculée. À 18 heures, Mamechiyo est prête.

Plusieurs fois, Ryu croise la jeune fille dans la rue. Chaque fois, il met un point d'honneur à ne rien manifester. Il y va de sa survie. Il baisse les yeux. Il ne veut en rien troubler ce qu'il devine d'elle. Ces êtres hors du commun appartiennent au monde des fleurs et des saules, Karyukai, c'est-à-dire au demi-monde de la frivolité. On lui a appris à distinguer en un coup d'œil la différence entre l'apprentie geisha, le saule, et la prostituée de haut vol, la fleur. « Saule, lui a-t-on appris, parce qu'elle sait se plier gracieusement dans plusieurs directions au gré des vents de la fortune et du caractère du client. »

Il a pu ainsi observer, à la dérobée, les soirées des hangyoku. Ryu s'émerveille de cette incroyable façon de se glisser dans le champ visuel des invités. Mamechiyo déploie ce subtil jeu de paupières baissées et de regards rentrés.

Ryu a appris de Tateru la façon de se glisser dans les voix, d'en repérer les vibrations, les notes ouvertes, offertes; celles qui se referment, se refusent. Et par là même, à se glisser dans les âmes. Le phrasé des intonations de Kyoto, la région natale de Mamechiyo, le transporte dans son nouveau monde, celui de la petite porte entrouverte. C'est à Kyoto que l'on peut entendre la plus douce des prononciations, la plus tendre. «Merci» se dit *okini*, alors qu'à Tokyo c'est *arigato*. Une façon un peu plus rude et lourde de manifester sa satisfaction.

Avec elle tout se déroule dans l'harmonie : la beauté des mouvements. Glisser la porte avec la paume et l'index. Les expressions désarmantes : «*Otanoshimi*[1] !» L'érotisme reste au loin. Est-il suggéré par une fugitive inclinaison de sa nuque? Même un éternuement, un «tchi» de souris parvient à troubler Ryu.

Il se souvient d'une nuit tardive. Mamechiyo avait quitté discrètement la table basse. Une geiko impavide s'était emparée du shamisen. Il avait éprouvé ce que peuvent ressentir ces hommes riches et dodus : quitter ce monde. Se séparer du quotidien, et gagner les rivages, les saules et les

1. «Cela me ferait si plaisir !»

fleurs de lotus, rejoindre le bouleversant. Passer du goût à la passion.

Au cours de ces guets clandestins, Ryu réapprend son alphabet. Invente un nouveau langage. Celui des mots hors d'atteinte. Il le garde pour lui, veut accumuler les images, saturer sa tête de visages, d'émotions. Il se reconstruit. Échafaude. Peuple son univers. Place au centre l'inaccessible, l'absence pour mieux s'en gorger. Parcourir le monde par l'imagination, le rêve éveillé. Se glisser dans l'okiya, être un meuble, un confident, l'amant intouchable. Vivre tout de suite, dans l'évaporation, le ressenti, le charnel de la pensée. Ryu découvre la famille des songes. L'abstraction, les mensonges. Il y excelle. Parvient à se convaincre lui-même d'instants irréels. Ses oreilles lui mentent. Ses yeux lui mentent. Il croyait avoir vu, avoir entendu, avoir senti. Eh bien, non. L'erreur devient son alliée ; la nuit sa complice. Seuls ses gestes lui restent fidèles. Ils sont son ancrage.

Ryu a appris à ne pas dormir. Un rien le fait sursauter. S'il laisse une veste sur une chaise, et qu'on la déplace par mégarde, il devient colérique. Il a une façon bien particulière de se déplacer : cadence rapide, tête haute, le regard balayant de droite à gauche. Ses bras ne pendent jamais, ils accompagnent le rythme de la marche les mains resserrées. Dans la rue, lorsque Ryu marche, les chiens se retournent sur lui.

Mamechiyo sait qu'on lui emprunte sans cesse son image. Chaque soir, on plonge dans la source de ses yeux pour puiser tant et tant. Elle a appris l'immobilité des sentiments. À glacer son émotion. Elle est enfouie tout au fond, un songe palpable. Nul ne peut passer. Le maquillage livide de sa nuque, de ses traits est comme un suaire. Elle se surprend à se sourire dans le miroir, à s'imiter ; à dérouler son propre jeu. Elle passe sa vie à se dérober.

Ses lèvres esquissent parfois des mots rentrés. C'est pour mieux les utiliser, les maquiller, les faire danser dans leur gangue.

Dans sa coiffeuse, il y a un tiroir étroit parcourant toute la longueur du meuble. Pas tout à fait cependant. Y subsiste un vide dans lequel Mamechiyo loge un petit carnet. Elle y inscrit chaque jour quelques lignes.

Il y a peu de mots. Comme si le secret modelait la syntaxe. Des mots très courts. Parfois codés. Qu'elle seule peut comprendre.

Jeudi 22 mars

La pluie a cessé. Yeux rougis. Le jardinier est revenu.

Vendredi 23 mars

Mort de Matsumaya, cet homme qui m'a tant aimée. Plume d'oie.

Samedi 24 mars

La pluie est de retour. Quelques bières. Restaurant Aster. Madame Koyama. Il était tard.

Dimanche 25 mars

Restée à la maison. Dans la pièce à côté, Toki. Nuit à venir, déjà comme un train partant trop tard.

Lundi 26 mars

Visite de Taka. Isaka est parti à Tokyo. Courses en ville. Croisé le garçon bizarre. Encore un.

Mardi 27 mars

T. et ses mauvaises o. Réception pleine de fleurs, remplie de bières trop tièdes. Premières chaleurs. N'arrive pas à dormir.

Vendredi 28 mars

Gâteaux à la crème fraîche et à la crème de marron. Chaleurs, sieste, pas de cours. T. est repassé. Soirée à l'Aster, puis salons au Columbus Star. Croisé. Ne me voit pas.

Chaleur encore. Même l'eau glisse.

Tateru raconte à Ryu sa nouvelle vie. Il la sait fragile, mais il y croit. Il va économiser pour réaliser ce qu'ils se sont promis. Repartir en Chine, retrouver Ryuichi. Réunir suffisam…

— Laisse tomber, l'interrompt Ryu.

— Comment ça ?

— Je pense avoir tout compris. J'ai beaucoup réfléchi. Maintenant je sais. Il n'y a qu'à toi que je peux en parler.

« Mon père a tué ma mère dans un excès d'opium. Elle-même était la fille d'un dignitaire yakuza. Mon père avait des archives impressionnantes. Les manifestations officielles et privées. Comme beaucoup de photographes mondains, il traînait dans les cabarets, les bars louches. Il possédait de quoi transformer la terre en une vaste chorale. Il devait sa survie et son approvisionnement en opium à un habile dosage de secrets, d'omissions, de chantages, et de mensonges. Mais le haut dignitaire yakuza a lâché contre lui ses hommes de main. Ils savaient comment le serrer. Ils ont profité de la panique des départs pour le tuer dans la cohue. Ils sont également à la recherche des valises compromettantes. Moi seul sais où elles sont.

Convaincu par son histoire, Ryu regarde Tateru. Celui-ci reste de longs instants collé dans la stupeur.

— T'es… t'es sûr ?

— Certain, Tateru.

Tateru s'en retourne au restaurant. Il trouve cette histoire ahurissante. Ryu ne peut pas se tromper. Il sait observer, analyser. Pressentir. Jamais il ne se trompe.

À l'Auberge Comme ci Comme ça, le patron prolonge son essai. Tateru fait preuve d'esprit loyal. Il a la fragilité des gens qui ne trichent pas. Autre chose, le patron ne souhaite pas que le fil si ténu qui le relie à la belle Minako se brise.

Ce métier n'est pas si difficile. Il demande juste de se concentrer sur les détails. De sourire. D'être agréable avec tout le monde, du patron aux clients en passant par les cuisiniers. Ces derniers ont en vain éprouvé le débutant en lui faisant les rosseries habituelles du métier : la mauvaise foi des plats oubliés, les assiettes brûlantes, glissantes, poisseuses. Les engueulades sans raison, les mots techniques incompréhensibles. « Rapporte-moi le smizo ! Tout de suite, file chez l'épicier ! » Alors Tateru fonce chez l'épicier, demande du smizo.

On éclate de rire lorsqu'on apprend qu'il travaille pour l'Auberge Comme ci Comme ça.

— C'est leur blague préférée. Le smizo n'existe pas. D'habitude, ils sont encore plus bêtes : des ouïes de poulet, des cuissots de carpe, de la poudre d'eau… Tu sais ce que l'on va faire ?

— Euh, non…

— Eh bien, tu vas leur rapporter du smizo…

L'épicier se retire dans l'arrière-boutique, appelle Tateru et tous deux prennent deux bouquets d'herbe de shiso, et du bout d'un pinceau teinté de rouge, marquent les feuilles, comme le dos d'une coccinelle.

— Tu leur diras que le smizo est enfin arrivé. C'est tellement rare que la facture risque d'être salée.

Tateru revient au restaurant ventre à terre.

— Smizo !

Les cuisiniers sortent la tête par le passe-plat.

— Smizo ?

— Smizo, finalement, on a réussi à en trouver. C'est tellement rare, m'a dit l'épicier, que l'arrivage est le seul de la ville de Tokyo. Il enverra la note à part.

— Du smizo ? s'interroge le chef, contrarié, qu'est-ce que c'est que cette herbe de coccinelle ?

— Smizo, triomphe Tateru, smizo !

Le chef repart en cuisine sans mot dire.

Le lendemain, la carte de l'auberge présente sa nouveauté de la saison : la carpe au smizo. Il est rare que la clientèle demande plus de précision. Et lorsque quelques imprudents s'embarquent sur le chemin des explications, Tateru répond :

— C'est l'herbe préférée des coccinelles ! Très rare... Très recherchée. Seule l'Auberge Comme ci Comme ça la propose à la clientèle sur Tokyo.

Au début du service, lorsque les tables sont prêtes, Tateru vient tout observer en cuisine. Rien ne le fascine plus que les préparatifs, les gestes saccadés de la coupe au couteau, les bouillons écumants, les fritures crépitantes. Les cuisiniers mangent à la va-vite, souvent des restes réhabilités à la hâte, bousculés dans une sauce violente, tabassés par une bière glacée, digérés l'estomac noué, le regard ailleurs, la bouche en étuve, le rôt en ponctuation.

C'est ainsi que la moitié de l'équipe se retrouve un jour sur le flanc. Un poisson cabossé, un coquillage fatigué, ils sont tous dans l'arrière-cour du restaurant à se tenir le ventre. Le patron se demande ce qu'il va bien pouvoir faire. Chacun se répartit les tâches. Tateru est expédié en cuisine avec les recettes griffonnées sur des bouts de carton. Après tout, il connaît suffisamment bien les plats pour les avoir expliqués aux clients, vus défiler et parfois avalés. La carte n'est pas bien grande, il suffit de suivre à la lettre, être rigoureux avec les cuissons. Être efficace, ne pas poser de questions, avancer droit.

— Malheur de malheur ! rugit alors le patron, manque plus que cela, aujourd'hui nous avons la plus enquiquinante des clientes ! Vous la connaissez tous…

La cuisine, du moins ce qu'il en reste, répond d'une seule voix…

— Hibari Misora, la chanteuse ! ! !

— Exactement, et en plus elle est de mauvaise humeur… Elle ne veut rien manger. Juste une salade. Tateru, je t'en supplie, tu nous fais un petit plat sans te compliquer la vie…

Tateru se souvient alors des leçons de sa tante Kazuko. Il pense à la saison, à la clarté verte des feuilles de mai. Il se concentre sur les marchandises, fait au plus simple en retenant les légumes provenant d'un seul potager. Il les prépare à la vapeur, isole les feuilles et les fanes pour en faire une salade d'appoint. Ses mains s'activent toutes seules. Il murmure des mots que lui seul peut comprendre.

— Bushido, bushido, bushido, dit-il doucement.

C'est un peu absurde de faire appel à un vent dans un local aussi renfermé, mais en ces premiers jours d'été, le patron a organisé un petit courant d'air. L'atmosphère est comme immobile, pourtant, imperceptiblement, elle s'anime avec grâce.

Tateru sourit. Il est bien le seul à savoir ce qui se passe. Il ajoute un peu de concentré de jus d'huîtres, assaisonne et envoie l'assiette en salle.

Hibari Misora est avec un homme d'affaires, la discussion semble vive. Le patron du restaurant, quant à lui, n'arrête pas d'aller et venir. C'est lui qui porte le plat. Il le baptise sans réfléchir :

— Salade d'un seul potager sur son propre lit !

Hibari Misora sourit en entendant cet intitulé insolite.

— D'un seul potager ? Sur son propre lit ? Le cuisinier serait-il amoureux ?

Les deux convives rient de bon cœur. La glace est rompue. La salade a même un certain succès puisque la chanteuse demande pour la première fois à voir « le chef ».

Le patron est bien embarrassé de lui présenter un tout jeune garçon. Aussi, il fait venir un vieux cuisinier.

— C'est toi qui as fait cette divine salade ?

— Oui, dit le cuisinier, c'est une recette de famille.

— Alors, dis-moi comment tu as fait ce plat !

Le vieux cuisinier s'emmêle dans ses explications, se contredit.

— Ce ne peut être toi qui as fait quelque chose d'aussi simple ! À t'entendre, on ne comprend rien. Qui a donc préparé cette salade ? !

On fait venir Tateru.

— C'est donc toi, dit Hibari Misora, mais tu as l'air si jeune ?

— Oui !

— Explique-moi cette salade, elle m'a enchantée.

Tateru lui raconte posément comment il a procédé. Dit deux mots de sa tante.

— Dorénavant, déclame la chanteuse, chaque fois que je viendrai, tu me feras cette salade… « d'un seul potager… sur son propre lit ».

C'est ainsi que Tateru passe en cuisine et se fait engager. Le patron est ravi et, bien entendu, pour célébrer cet événement invite Minako.

Tateru participe à la réalisation d'un joli repas qui emplit sa tante de fierté. Le patron fait le beau et, malgré le noir regard de son épouse, félicite son invitée pour la qualité de son éducation, et la chance de Tateru d'être sous la protection avisée d'une aussi bonne personne.

À vrai dire, il a éprouvé un véritable choc en avisant ses mules à talons de satin vert tilleul. Minako s'amuse de la situation, laisse dire et ne refuse aucun des meilleurs sakés de la maison. Jean-San machinalement sort sa pochette parfumée, et à nouveau, Minako ressent une sorte d'oppression suave, charnelle.

En cuisine, le succès de Tateru ne fait pas que des heureux. Le chef a pris ombrage de sa réussite, son second encore plus. Celui-ci se voit ainsi dépossédé de son titre par le patron qui place le « jeune héros » à son propre poste. Le second s'appelle Tsuyoshi Nakano.

Un jour, alors que Tateru prépare un plat de sardines séchées aux fèves confites et sel aux graines de sésame, Nakano se dresse devant lui.

— Tateru ?

— Oui ?

Tateru n'a pas le temps d'esquisser le moindre geste. Nakano vient de lui planter dans le ventre un long couteau de cuisine. De la bouche du garçon, aucun son ne sort. Il s'effondre, tenant son ventre entre les deux mains. Il entend tout le monde crier autour de lui, voit Nakano se débattre dans la mêlée générale et le patron réquisitionner un rickshaw de toute urgence.

Rejoindre l'hôpital est un enfer. Tokyo est lourd en ce jour, rien n'avance. Une manifestation bloque une avenue, la tension monte. On s'apostrophe. Le pousse-pousse se fraie un chemin dans un tumulte mou, pareil à un bouillon gluant de confitures. Tateru respire mal, l'air peine à venir. Les vents sifflent ailleurs. Dans les étendards rouges des manifestants, le souffle des slogans, les butées des groupes. Un tramway passe, apporte un peu de vide et d'oxygène. Puis la foule se referme.

Les images se brouillent pour Tateru. Tout au plus cadre-t-il un bâtiment, sa pendule. Encore, pense-t-il, tout bas, comme si l'heure venait frapper à sa porte. Mauvais pressentiment, avant même de lire l'heure exacte, il la devine : 14 h 15. Au Japon, le chiffre 4 porte malheur, c'est signe que la mort approche. Tateru tient son ventre. Il est poisseux, chaud, écœurant.

Au même moment, Ryu file droit vers sa cible. Rien ne peut l'arrêter. 14 h 15, c'est le moment précis où le marchand de soie sort de son entrepôt. Ryu ne se pose plus de question. Surtout pas? Son cerveau passe dans ses mains, ses jambes. Dans l'épaule. Toujours la technique de face, yeux dans les yeux. Plus que l'effroi, il veut voir la mort.

Ryu enfile en ces occasions un beau costume noir, avec une cravate de la même couleur. Il met un point d'honneur à revenir toujours impeccable de ses expéditions. Pas de trace, pas de faille, pas de remords. Il s'organise en fonction des lunaisons, selon les floraisons, préfère celle des pruniers aux passeroses, des iris aux azalées; attend l'érable, les épis du riz. Comme Tateru le lui a appris, il a lui aussi ses kamis, ses esprits : une haie de citronnelle, un air de mazurka, le bleu porte-bonheur des tuiles, celui si profond venu du vieil Iran. Sa technique reste immuable et les policiers commencent à reconnaître la signature de ses forfaits.

Il se place toujours face à l'homme. Ne dit rien. Le regarde dans les yeux avec une lueur si froide, si dure que celui-ci comprend dans la demi-seconde ce qui lui arrive. Il aperçoit le reflet de la lame dans la main de Ryu. Le marchand de soie n'a pas même le temps d'esquisser le moindre geste. Seul un petit cri jaillit de sa gorge. Seule l'épaule de Ryu a bougé. La lame passe entre deux côtes, traverse la plèvre et touche le cœur. Le coup est fatal. Provoque immédiatement l'arrêt de la vie.

La mort danse un instant avec lui. Il sent son souffle. Il reconnaît ces instants inimitables de grande densité, de terrible froid, de profond silence. Ces proies ne crient pas, parce qu'elles devinent qu'il est trop tard. Qu'il en est ainsi. Ces proies ne disent rien puisque leur assassin ne rapportera jamais leurs ultimes mots. Alors elles se taisent, bougent à peine, terrassées par la vélocité de Ryu. Elles seraient même reconnaissantes, si elles pouvaient encore le manifester : leur mort est effectuée si proprement, presque artistiquement. Ce regard de jeune homme, la lame invisible, le cœur qui s'affole un instant, se bloque lourdement comme une porte de plomb. Une salive âcre envahit la bouche, une suée soudaine, le sang et ses bouillons. Seuls les yeux livrent leurs ultimes interrogations, leur peine irrépressible devant cette convocation violente, cette chaleur immense, pourpre. C'en est fini. L'homme tombe en arrière, la bouche ouverte comme deux parenthèses.

Ryu se retire, laissant l'homme au cœur de son disque de sang.

Il traverse Tokyo toute en fêtes sourdes, les lampions de papier, les acrobates et les géomanciens, les marchands de beignets et d'aphrodisiaques ; de passereaux confits au sucre embrochés sur des éclisses de bambou. Fausses hangyoku aux ceintures trop lestes, vendeurs de colchiques et de jus de myrtilles.

En gagnant sa tanière, Ryu croise Mamechiyo. Cette fois-ci, il sent son regard sur lui. Alors il le lui rend. Juste quelques secondes, le temps de s'apercevoir que c'est vraiment lui qu'elle regarde. N'y a-t-il personne d'autre dans la rue. Rien d'autre ? Cette idée le trouble tant que, une fois passé, il se retourne pour vérifier qu'il n'y a pas une vitrine de magasin, un objet singulier, une autre présence. Non, à cette heure lourde de l'après-midi, la ville tourne autour des manifestations. Mais cette rue est presque vide, les magasins sont fermés pour la pause.

Il se souvient de ce regard interrogateur. Il ne pensait pas qu'il serait si touché par cette rencontre.

Le pousse-pousse peine à se frayer un chemin. Les manifestations se terminent, mais la foule reflue. L'hôpital se rapproche. Des visages viennent s'inscrire dans le champ de vision de Tateru. Ils prononcent des mots qu'il n'entend que sourdement. Des exclamations, des cris, des murmures. Ça se déforme. Les lumières diffractent. Le son s'engourdit. L'air est si pauvre. Une voiture de pompiers dans le lointain sonne sa cloche de bronze. Tateru pense à ses vents, leur demande de rappliquer. De dégager la route. Il les implore.

— Laissez passer, bon sang ! s'époumone l'homme du rickshaw, laissez passer !

Tateru perd connaissance. Puis se reprend. Ses deux mains sont jointes sur son camélia et le sang poisseux. Les vents reviennent. Parmi eux, Kanki Kamisama, celui de son père envolé. Tateru y voit le signe du rétablissement des lignes. Ils sont là, reviennent en troupes. Son ventre continue de sangloter. Les coussins du rickshaw virent au pourpre, le conducteur accélère, court comme un dératé. Se retourne pour encourager Tateru du regard.

— On approche, tiens bon, moussaillon, on approche !

La fleur du camélia ne meurt point comme les autres fleurs. Contrairement à toutes, elle ne se détache pas pétale après pétale. Elle a la particularité de se détacher brusquement. De tomber d'un seul coup. Elle évoque la tête coupée des samouraïs, geste ultime pour achever celui qui commet le suicide rituel.

Tateru ne respire plus. Il bascule lentement, s'effondre dans le rickshaw. Le conducteur cesse sa course. La foule se referme. L'esprit des vents s'en va ailleurs.

Feu dans la maison voisine, écrit Mamechiyo.

Les voisins agitent des éventails en paille en criant au vent de s'en aller. Déluges sur la ville. Ce soir, danse des bourgeons.

Minako attendit tard dans la nuit le retour de Tateru. Ils devaient dîner ensemble. Sans doute est-il resté avec Ryu, ce n'est pourtant pas dans ses habitudes de sortir tard lorsqu'il travaille. Ce n'est que le lendemain qu'elle reçoit la visite du patron de Tateru. Celui-ci s'incline longuement, le visage fermé. Minako ressent quelques mauvais présages. L'histoire lui est racontée. Elle s'incline, les épaules lourdes. L'homme repart. Minako retire de l'entrée la deuxième paire de chaussons.

En apprenant cette nouvelle, Ryu sent une déflagration, la trahison du monde. Entrent en lui une fureur intense, un chagrin venu du cœur de la terre. Il ne tue plus ses victimes, il les dépèce. Il opère avec une telle rage que les cibles restent méconnaissables. Sa façon de pénétrer dans les chairs obéit à une science digne d'une planche anatomique. C'est comme s'il déboutonnait le corps, le faisait sauter aux charnières. Ryu perd tout contrôle. Il taille les oreilles, sectionne le nez, les doigts, énucle les yeux. Son forfait terminé, il repart comme un loup, méchant, les pupilles allumées comme des lampes de poche.

Rapport de police 11 avril. 12 h 23. Sergent Takata.

À 5 heures du matin, nous avons découvert que le prévenu Tsuyoshi Nakano, 32 ans, cuisinier à l'Auberge Comme ci Comme ça, accusé de tentative de meurtre sur Teiji Tateru, le 1er avril, a été assassiné. Son corps a été retrouvé inanimé dans sa cellule. Aucune trace de lutte. Le prévenu a été poignardé debout, de face, par une arme dotée d'une lame longue. Un seul coup de couteau a été porté dans la région du cœur : la lame est passée entre les deux côtes. Il semble que le forfait se soit passé entre les rondes réglementaires. Aucune trace d'effraction dans la cellule. Tsuyoshi Nakano ne présentait aucun symptôme suicidaire, ni ne craignait pour sa vie. Sa journée de détention avait été normale. Son corps a été transporté à la morgue voisine, l'autopsie ayant confirmé le coup de poignard mortel.

Sa famille a été prévenue, ses effets personnels ont été remis.

Ryu s'absorbe dans les meurtres. Il prend plus de risques que d'habitude. Opérant toujours seul, il se met parfois dans des situations périlleuses. Comme si une envie le poussait à rejoindre son ami. Régulièrement, il entraperçoit Tateru à travers un traquenard qui tourne mal. Plusieurs fois, la mort vient le frôler. Elle manque même de l'accueillir dans le quartier d'Araki-cho («le bois coupé»). Un teigneux écorché de drogues a failli lui briser le bras dans un ultime réflexe. L'homme devint comme fou. Fit des sauts de chat ébouillanté. Ryu a perdu sa lame dans la lutte et durant quelques secondes sentit cette avancée amère, rêche. Il a laissé faire. Hésité même, tant la tentation était grande. Ses mains, son corps se sont révoltés, ont repris le dessus et dans un violent coup de pied il fracassa le larynx de l'homme.

Il comprend alors qu'il reçoit l'héritage de Tateru. C'est comme un passage de témoin. Lui seul connaît sa vie, ses secrets, ses projets.

Vents, souffles deviennent plus que jamais ses amis.

Ryu ne peut plus s'empêcher de vivre la nature avec une acuité, une sensibilité qui le prend au dépourvu au point qu'il s'abstient quelques jours de missions délicates. Il se sait vulnérable, fragile.

Il s'en ouvre à Shinpei, son mentor. Celui-ci l'écoute. Il comprend que Ryu est un danger pour lui-même et les membres de son clan. Alors que le jeune homme décrit avec application les contours de ses nouvelles impressions, Shinpei songe un instant à le supprimer faute de meilleures idées. Il est simple de le localiser. Ryu est si seul, il serait facile de le tuer. Personne ne s'en plaindra, personne ne le saura. Bien au contraire, son manque notoire d'allégeance, son entêtement à effectuer les missions en solitaire détonnent dans l'organisation. Il affaiblit le pouvoir de ses chefs. Shinpei, lui-même, se trouve dans des situations paradoxales. Il possède l'un des meilleurs hommes du coin, le dirige, mais ne le contrôle pas. Shinpei en parle ensuite à ses supérieurs. Ceux-ci vont prendre au plus vite une décision. Qui sait si, soudainement frappé par une étrange grâce, Ryu ne pourrait pas retourner son arme si véloce contre ses propres alliés ? L'organisation tient par son maillage de fidélité, de respect et d'obéissance et non par le talent insaisissable d'un voltigeur.

Le clan de yakuzas auquel appartient à présent Ryu est renommé pour sa bonne éducation. On parle d'eux comme de vrais gentlemen. On doit certes obéir au *oyabun* mais ne jamais ennuyer les gens dits ordinaires, et ne pas persécuter les faibles.

Les ordres de mission que l'on confie à Ryu sont réglés comme les pluies de mars. Il revient chaque fois comme si de rien n'était. Il impressionne ses supérieurs par sa cruauté implacable. Eux-mêmes ont du mal à comprendre cet extrémisme imperturbable, ce jeune homme dur comme la pierre.

Il ferait presque peur. Ses chefs auraient au moins souhaité qu'il exprime l'allégeance rituelle en acceptant de se couper une phalange de doigt pour l'offrir à son chef.

Pour Ryu, il n'est pas question de se priver de l'agilité de sa main. Il a déjà assisté à cette cérémonie fascinante. Allonger la main sur le dos, repérer la jointure. Frapper violemment avec un burin sur une lame. Il est préférable de la choisir d'un parfait tranchant. Le sang jaillit. Le yakuza doit rester stoïque. Plus tard les nerfs se réveillent.

— Fais-le, tu entreras alors dans ta nouvelle famille… répète Shinpei.

— Je ne veux pas être comme tous les Japonais, lui répond Ryu. Vous m'avez appris l'honneur, la confiance en soi, en vous. Pourquoi irais-je me déjuger ? Je me sens suffisamment coupable de ne pas avoir soutenu le vrai Japon pour ne pas m'abaisser devant l'occupation américaine. Si vous souhaitez un vrai guerrier, laissez ma main intacte, mon allégeance n'en sera que plus grande. Je ne veux pas vous offrir l'obéissance d'un homme diminué.

Shinpei le regarde.

— Pour qui te prends-tu à mettre tous les Japonais dans un même sac ? Il n'y aurait que toi à...

— Non, peu m'importent les autres, comment pourrais-je parler à leur place, la seule chose dont je puisse parler, la seule personne que je connaisse bien, c'est moi. Même de toi, je ne sais rien. Tu ne parles jamais de ta vie. Jamais de ta guerre. D'ailleurs, que faisais-tu ? Tu étais caché ? Tu t'es battu ?

Shinpei a un mouvement de recul. Il fixe Ryu.

— Je me suis battu plus que tu ne l'imagines.

— Ça veut dire quoi ?

— Plus que tu ne l'imagines. C'est tout.

— Non, ça ne me suffit pas. Ce ne sont que des mots.

— J'ai dit : c'est tout.

— Pardonne-moi.

Shinpei se sert un verre de saké. Il plonge dans un long mutisme. Si épais que Ryu peut sentir une colère sourde, une peine indicible.

Shinpei se sert alors un deuxième verre. Dorénavant, il n'a plus rien pour refréner des images qu'il a pourtant l'habitude de si bien ranger. Ryu peut voir les lèvres de Shinpei trembler, ses yeux s'ouvrir comme hantés. Comme si un film se débobinait...

La guerre agonisait. Shinpei avait dix-sept ans et demi. Son voyage serait le dernier : la vie devient plus pénible que la mort. Ce sera le plus beau. Il décide de mourir pour la nation. Avec ce rêve : devenir kamikaze, *tokubetsu kōgekitai*, les groupes d'attaque spéciaux. Pour cet ultime sursaut, l'armée impériale réunit des jeunes gens sur les bases du Pacifique. Elle les forma à la va-vite avant de les faire grimper dans des avions usagés, presque à l'âge de la réforme. Ils étaient de toile et de bois. Leurs trains d'atterrissage brinquebalants. L'essence de piètre qualité. Souvent, il n'y avait pas de radio à bord, il fallait communiquer par signes avec les avions voisins. Les équipements électriques et hydrauliques étaient réduits à leur plus simple expression.

Il se souvient encore de l'île de Kikaijima, sans doute la dernière avant les lignes ennemies. De cette petite langue de terre. On eût dit un nuage posé sur l'eau. Les taillis, les champs de canne à sucre, les arbustes avaient cette même allure touffue, esquissée à peine terminée. Même la population de l'île semblait furtive. Il se souvient encore en regardant autour de lui. Les gens eux aussi le scrutaient à leur façon. On s'observait à la dérobée. Chacun savait. Ils étaient restés quelques jours sur l'île. Le temps de l'instruction. Il fallait faire vite. Le ciel était impatient de les emporter.

Le soir, dans les chambrées, les jeunes gens s'endormaient épuisés, le nez dans les manuels.

Si vous éliminez toute pensée sur la vie et la mort, était-il écrit, *vous serez capable de mépriser totalement votre vie sur la terre. Cela vous rend capable de concentrer votre attention pour éradiquer l'ennemi avec une détermination inébranlable, tout en renforçant votre excellence en savoir aérien… De même que vous ne pouvez bien combattre le ventre vide, vous ne pouvez pas manipuler le manche à balai si vous souffrez de diarrhée, ni exercer calmement votre jugement si la fièvre vous tourmente… Juste avant l'impact, votre vitesse est à son maximum. L'appareil tend à monter. Mais vous pouvez l'en empêcher en poussant le contrôle d'altitude suffisamment en avant pour augmenter votre vitesse. Faites votre devoir. Poussez en avant de toutes vos forces. Vous avez déjà vécu vingt ans, peut-être plus. Vous devez exercer toutes vos forces pour la dernière fois de votre vie. Exercer votre force surnaturelle.*

Le jour du grand départ, les kamikazes furent réunis dans le petit réfectoire de l'aérodrome. Le bâtiment était frêle. Les enfants venaient regarder à travers les vitres. Ils virent des adolescents à peine plus âgés qu'eux, prêts à rejoindre les dieux. Ils portaient un bandeau sur le front. Mangeaient distraitement, l'esprit ailleurs, quelques poissons et du riz arrosé de saké. La table fut débarrassée. Shinpei se souvient encore des feuilles de papier que l'on distribuait avec des enveloppes. Il fallait rédiger ses adieux.

Il écrivit une lettre d'une seule traite.

Elle était destinée à une fille.

— C'est venu comme ça, poursuit-il dans son soliloque. Pas besoin de réfléchir. Ma main écrivait toute seule. Je ne sais pas comment elle faisait. Partir ainsi. Sans même me dire ce qu'elle pensait. C'était tout de même fou cette façon de faire. Après tout, le jour était déjà si bizarre. Il faisait trop beau. Il faisait trop chaud. Il y avait presque trop de vie. Qu'écrivait cette main, ma main ? Je vais te dire, c'est resté intact.

Son visage se contracte dans un indicible rictus…

— « Je voulais te dire ce que j'ai souvent essayé de te dire. Je t'aime. J'avais tant de mal à te l'avouer. Même à t'appeler par ton prénom, à te parler de tout et de rien. Mais aujourd'hui, ça y est, je peux enfin te le dire : je t'aime. Tout à l'heure, je le dirai et même le crierai. Je t'aime. Adieu. Shinpei. »

Shinpei marque un temps, comme s'il venait de renverser un vase de fleurs.

— J'ai regardé autour de moi. Combien étions-nous ? Une quinzaine. Une quinzaine de jeunes hommes. Tous de mon âge : dix-sept ans, peut-être un de dix-huit ans. Facile à voir, c'était le plus inquiet.

« On nous a réunis dans une salle de classe. Au mur, il y avait encore des dessins. Des fleurs, des poissons, des soleils. Les enfants nous observaient toujours par la fenêtre, c'était leur classe. Nous étions sans doute assis à leur place. On se regardait alors. Comme des poissons dans un bocal. C'était étrange, on ne savait même plus s'il y avait un extérieur, un intérieur... Qui enviait qui ? Qui voulait échanger sa place ? J'aurais tout de même bien aimé courir sur cette île de Kikaijima plutôt que d'avaler les manuels militaires. Ces phrases n'en terminaient jamais. J'ai cru un moment devoir les apprendre par cœur. Non, il fallait juste s'en imprégner. Le surnaturel était bien là. J'étais secrètement paniqué. J'avais peur de ne pas être à la hauteur. De ne pas bien mourir pour l'Empereur. Et puis non : en fait, tout est devenu si simple.

« Un officier est passé dans les rangs ramasser les lettres. J'ai tendu la mienne.

« — Et l'adresse, et le nom ?

« C'est vrai. Il n'y avait ni nom, ni adresse.

« L'officier me regarda avec insistance.

« — Le nom, l'adresse...

« — ...

«J'écrivis à tout hasard un nom, Yoko Anazawa, une ville, Osaka, des numéros et un quartier. Ça allait beaucoup mieux. J'ai pu penser à elle comme si elle existait. Presque la voir près de la rivière, au pied du château. J'étais à nouveau de bonne humeur. Ma tête partait toute seule. Elle m'avait trouvé une fiancée, moi qui n'y étais jamais arrivé.

«J'allais mourir pour l'Empire. Je voulais le faire le mieux possible. Éliminer toute pensée sur la vie et la mort, j'en étais capable. Il faisait si lourd. Nous attendions sous le hangar. Pour me calmer, il me fallait respirer. Penser à ce que je disais.

«Je devrais cesser de penser. Dire plutôt. Cela changerait. J'ai senti une vaste colère se soulever au fond de moi. J'en aurais pleuré de rage. Des larmes sèches. Cette vie était donc une tromperie. Comment ma main avait-elle pu rédiger si naturellement cette adresse? Qui la menait ainsi? Mais qui, mais qui, bon sang de bois, qui donc me confisquait la vie? Qui parlait en moi? Qui me mentait?

«On ramassa les enveloppes. Le jour était radieux, le ciel si bleu qu'en sortant du réfectoire on tâtonnait pour marcher.

«Avant de monter dans l'avion, des jeunes filles de l'île se sont approchées de nous. Elles nous remirent des bouquets de fleurs avant de s'incliner respectueusement.

Shinpei grimpe dans l'avion. Il fait comme tout le monde. Le cockpit du «Zéro» étant trop étroit, il laisse sur le sol les encombrants parachutes. Contrairement à celui des aviateurs ennemis, l'habitacle est presque vide. Ni matériel de pêche, ni moustiquaire, ni canot pneumatique, ni rations conditionnées, ni miroir de signalisation. L'équipement de l'avion se limite à un pistolet automatique Nambu de 8 mm pour se suicider le cas échéant.

Shinpei fait chauffer le moteur. Il ne faut pas trop forcer, l'avion est bourré d'explosifs. L'essence est limitée au minimum, juste l'aller simple vers la cible finale.

L'escadrille se met en branle. Il est midi. Le ciel est dégagé. Un à un, les avions prennent leur élan. Shinpei a déjà la tête ailleurs. Entre nuages et manuel d'instruction. Il sourit. Au bout de la piste, il faut monter prestement car les collines de l'île se dessinent. Il fait si chaud dans la cabine.

L'avion de Shinpei est pris immédiatement de hoquets. Le carburateur vient de se boucher. La mer est devant, l'île derrière, le moteur muet. Tout s'effondre. Le Zéro effectue un demi-tour approximatif et un atterrissage cahoteux. Les roues cèdent. L'avion part en toupie. Shinpei attend l'explosion. Celle-ci tarde, ne vient pas.

S'ouvre un univers blanc sans instructions, ni ordres, ni Empire. Juste des taillis, des herbes folles. Shinpei tente de redémarrer le moteur. Le système électrique vient de lâcher. Rien. Juste le silence de la carlingue, le soleil fumant. L'incompréhension effrayante.

Shinpei décide alors de regagner l'aéroport. Il se souvient encore de ce retour piteux, pétrifié de honte et de désespoir. Il aurait voulu la volatilisation de son appareil. Disparaître, ne jamais aller au-delà de ce déshonneur. L'avion resta ainsi de longues minutes. On accourut. On retrouva Shinpei titubant dans les champs de fleurs.

Aujourd'hui, les collines de l'aéroport situées au bout de la piste ont encore gardé la mémoire de cette époque. Car chacun des kamikazes procédait au même rituel. Ils ne voulaient pas entraîner les bouquets de fleurs des jeunes filles dans leur destruction. Alors, de leur avion, ils les jetaient sur la colline. Et s'en allaient rejoindre le néant. Ces collines à présent sont couvertes de fleurs. Celles-ci portent le nom de *tokkōtai*.

Ryu se renferme. Il ne voit plus personne. Parfois on peut le surprendre immobile, qu'il vente, qu'il fasse une chaleur caniculaire. Il reste ainsi figé comme une colonne de pierre.

Sa chambre est d'une rigueur monacale. Un futon impeccablement roulé dans son coffre. Une bougie au sol. Un placard avec quelques vêtements, deux livres.

Une photographie, prise par son père, représente une jeune femme appuyée sur la barre d'un parapet, au bord de la plage de Qingdao. La femme porte un ensemble de bain ceinturé d'un lien en corde, agrémenté d'un col en v, dégagé sur les épaules. Elle s'appuie sur sa main droite dans un déhanchement très seyant. Son visage se plisse sous le soleil mais laisse deviner un sourire plein de sérénité. Elle semble regarder le photographe comme s'ils se connaissaient. Elle laisse l'objectif fouiller son âme, lui dire : « Prends-moi, je ne suis pas si dure, si distante ; prends mon sourire, le soleil de ma gorge. Cueille le delta de mes cuisses. Je t'aime. »

Ryu a toujours pensé qu'il s'agissait de sa mère. Il l'aurait voulue aussi jolie, aussi sauvage. Aussi vivante. Jamais il n'aura su comment elle était morte. Si jeune. Si vive. Plusieurs fois, il avait demandé à son père. Celui-ci avait répondu de façon aussi gênée qu'évasive. « La maladie… une pénible maladie. » Mais Ryu savait bien que c'était faux. Du jour au lendemain, elle avait disparu de sa vie. Alors, il s'accroche à cette photo d'estivante comme il le fait avec les cailloux que lui a confiés Tateru. Ils sont au fond du coffre. S'il doit partir, Ryu n'a que deux choses à prendre : les cailloux et la photo. Sa vie n'a jamais été aussi légère.

Tuer le réinvente, le pousse à bout. Lorsqu'une proie s'en va, tout est là. La lame comme un coup de pinceau, plonger dans le regard encore, laisser ses sens monter dans le suraigu. Ses oreilles en saignent presque. Les yeux enregistrent tout, ils pénètrent ainsi au cœur des vêtements. S'y logent des griffures, morsures, éraflures, cicatrices. Son œil devient comme l'obturateur de son père. Il cadre, saisit, avale. Immobilise dans l'inertie. Les couleurs sursaturent. Pour passer lentement au noir. La victime s'affaisse, la ligne de l'horizon se replace au lointain. Peu d'odeurs. La mort n'en a pas. Le corps, oui. Celle du sang, métallique. Celle des vêtements : encaustique sale, levure tiède, gouache séchée, soba du soir. De la peau qui grésille sourdement ; soufrée, musquée. Ses acidités de durian, l'astringence du kaki.

Ryu pense devenir comme les vents de Tateru, avoir leur fluidité, leur transparence et leur puissance. Il se reproche trop souvent de laisser des traces sur la terre, sur le sol, sur les verres, dans les draps. Sa lame ne l'affirme pas, elle l'efface. Il veut rejoindre les souffles.

Ryu n'est plus vraiment de ce monde. Il se sait funambule inquiétant, un ange aux ailes transparentes ; un envoyé des dieux. Il se sait absorbé par l'atmosphère, comme les vents de Tateru.

Sa Tokyo n'est faite que d'enfants sales, de marché noir, de violence rêche. Il traficote pour survivre. Partout des files d'attente, jusqu'à 300 personnes qui guettent l'ouverture d'un boui-boui à nouilles ; ce moment éprouvant quand arrive l'employé avec le panonceau annonçant « la file s'arrête ici ».

On se vole le savon dans les bains publics.

Jeudi 26 avril

Vainqueur du sumo de printemps : Masuiyama ! Riz au saumon arrosé de thé vert. Moustiques. Ciel d'un bleu sage, trois nuages.

Mamechiyo continue de rembourser sa dette à l'okiya. S'y inscrivent les frais d'hébergement, de coiffeur, de médecin, l'argent versé aux parents lors de son achat… Ses clients, le danna, son riche protecteur, permettent de remonter la pente. Un jour, bientôt, elle partira. Elle fera lentement comme son professeur de danse le lui a appris. Son pied à présent sait décomposer le pas en vingt-six mouvements distincts. Elle gardera quelques peignes, des boucles d'oreilles. L'odeur de l'huile de géranium. La poudre blanche.

Lorsqu'elle pense à ce futur proche, Mamechiyo voit défiler un curieux Tokyo avec ses Lucky Strike et son étrange paquet au disque rond qui évoque le drapeau japonais. La ville se brouille avec elle-même. Elle avance furieusement mais sans savoir dans quelle direction. Le travail, le froid, la prostitution, le vol. Chaque jour une personne meurt de faim à la gare centrale, six lorsque le froid s'abat. Les nourritures sont maigrelettes : gelée de tubercules, navet fermenté, légumes au vinaigre, café infect…

Un soir en se rendant dans le quartier d'Akihabara[1], Mamechiyo pense à cette autre vie qui pourrait l'attendre. La soirée est belle. Les vents du nord ont chassé les nuages, le soleil adoucit les contours, bleuit les couleurs. Les travailleurs se hâtent de rentrer. Elle remonte le courant des ouvriers comme protégée par les anges de la nuit, comme si ceux-ci s'efforçaient de lui ouvrir le passage. Elle se faufile l'âme en paix dans les ruelles de son quartier. Mamechiyo se fait aborder par un GI américain. C'est un garçon grand et fort. Elle en a l'habitude. Baisser les yeux, passer telle une ombre, fortifier son ailleurs. Penser à autre chose. Feindre. Et s'il parle, répondre posément avec respect et distance.

L'homme est insistant, lui emboîte le pas. Il lui propose de boire un verre, d'aller au restaurant. Mamechiyo ne bronche pas, garde le rythme de ses pas.

— Tu veux des cigarettes ?

— …

1. « La plaine aux petites feuilles d'automne ».

— Du whisky ?

— …

— Des chewing-gums, du chocolat ?

— …

L'homme la dépasse. S'interpose, lui barre le chemin. Mamechiyo tente d'esquiver sans manifester quelque émotion. Il l'arrête de la paume. Mamechiyo lève le regard et voit ce grand adolescent, un peu ivre, impérieux, si sûr de lui. Des yeux vert clair, un duvet blond au-dessus de la lèvre, des dents d'une blancheur insolente. Il est beau. Il sent le talc frais, sourit avec fierté. Elle remarque son tee-shirt blanc immaculé sous sa chemise.

Il cherche à l'embrasser.

— *No sir, please, don't.*

Le GI porte alors la main à son visage et de ses doigts lui entrouvre la bouche. Le maquillage cède. Mamechiyo le regarde en implorant, le fixe en l'interrogeant.

Celui-ci la regarde froidement, avise les alentours, puis lui crache dans la bouche avant de repartir en s'esclaffant.

Le grillon pleure avec ses ailes
La cigale pleure avec son ventre
Mais moi, plus avisé, je viens pleurer sur ta poitrine

(ancienne chanson du Kansai)

La présence américaine rend le métier de Mamechiyo dangereux. Les soldats boivent trop, pillent, violent, rackettent. Tokyo n'en parle pas. Mais les commissariats voient affluer les plaintes. Sans cesse, il faut envoyer la Military Police, les MP, recadrer les GI's. Ils s'emparent des voitures, volent des kimonos séchant au soleil, font la course avec les tramways, vont dans les bains publics en braillant leur bière à la main, pissent dans les bassins, forcent les portes de l'enceinte réservée aux femmes. Après tout, lors de la bataille d'Iwo Jima, on leur avait promis en récompense toutes les filles de Tokyo. Elles les attendaient, ils pouvaient se servir.

Ils voudraient remplacer les katakanas, les kanjis par une romanisation des idéogrammes japonais, mais la greffe ne prend pas. Ils voudraient la conduite à droite, l'anglais obligatoire, mais tout est lent. Le pays s'offusque. Fait mine de ne pas comprendre. Crie au scandale, ce même

Japon qui a imposé à la Corée, aux Philippines, à Singapour, en Malaisie la suppression de leur propre langue. Des avenues changent de nom. Voici à présent : Y Avenue, Hold-up Avenue, Saint Peters Avenue (allant de l'hôtel Imperial jusqu'à Ginza), Four Letters Square (gare de Yūrakuchō), Embassy Avenue (au départ de l'ambassade américaine), New Broadway (l'avenue Ginza), Poker Street, aux abords de la gare centrale à Yaesu…

Tokyo revit cependant. L'industrie tourne à fond grâce aux commandes américaines exceptionnelles alimentées par la guerre en Corée. Le marché noir est florissant. Tout se prend, tout se vole : les vélos, paquets de seiches séchées, ampoules électriques, collyres, kilos de graisse, essence, pommades, cartes de rationnement, chaussures en caoutchouc, bonbonnes de saké. On y fourgue d'infects savons qui sentent mauvais. On apprend vite : « gumonin » (good morning), « wayugoin » (where are you going), « wataimu izutona » (what time is it now), « remi surîu moa » (let me sleep more), « orai, orai » (all right, all right).

La ville renaît dans une embardée âcre et moche. Non seulement on a perdu mais on aura tout perdu, ses repères, ses dieux, ses proches.

Il faut maintenant faire sécher les nattes et les tatamis au soleil. Tout va si vite.

L'érable des voisins a doublé de volume.

Le bulletin météo a fait son retour sur les ondes. Pendant la guerre, la paranoïa ambiante empêchait ce genre d'informations de peur de renseigner l'ennemi. Voici donc les typhons, les nuages, les vents d'est-nord-est de nouveau annoncés. Ce soir, il va pleuvoir encore, on l'a appris ce matin.

Mamechiyo se rend au restaurant, ébranlée par cette agression. Elle s'appuie à un mur, étourdie et choquée. Elle vomit, la tête résonnant du rire du soldat, les yeux mouillés de larmes. Mamechiyo sent son corps s'effondrer. Mais avant tout : garder la face. Elle a appris cet art de la dissimulation, de l'abstraction avec son professeur. Il lui a enseigné ce que tout le monde ignore : la faculté de se rendre invisible. Il suffit, lui a-t-il expliqué, de contrôler le flux de son sang. Comme si c'était lui qui imprimait la mémoire des autres. On perd ainsi toute réalité. La peau cesse d'émettre ses brillances. L'âme peut s'envoler tout au-dessus, surveiller tel un aigle cet être resté au sol. Mamechiyo accepte cette division. Ses pas retrouvent le chemin du restaurant. Sa bouche refuse les mets et les mots. On aurait pu disposer de son corps sans qu'elle résiste. Il y a maintenant en elle une nouvelle femme qui prend forme, probablement ni pieuse, ni chaste, ni obéissante, ni pure comme la soie. Chassée par elle-même de son okiya, crachée dehors. Elle partira, c'est décidé.

Parfois dans les rues, des bagarres éclatent. Des gangs de voleurs armés s'entretuent, des jeunes voyous traînent sans but, les petites frappes s'habillent à l'américaine. Sous le tunnel de Ueno, des orphelins vagabonds se constituent en armée, boivent du méthanol pour s'endormir en souriant dans une odeur pestilentielle. À Shibuya, à Shinjuku, des caïds imposent leur bande.

Ryu porte maintenant des costumes. Chausse des lunettes de soleil même lorsque le ciel est de plomb. Il agrandit le cercle de ses activités comme l'eau sur un parapluie. En son centre, une solitude profonde, désirée, accentuée par un mutisme porté en armoiries. S'il n'y a qu'un souffle en lui, c'est celui de ses lèvres barrées du doigt pour intimer le silence.

Il fraye avec les soldats américains, mâche son chewing-gum, truffe de mots américains chacune de ses phrases : « not to night, je sleep ». Récupère des lunchs boxes, trafique au marché noir. Aujourd'hui, au menu du déjeuner logé dans une boîte bleue : dix biscuits dans du papier paraffiné, une conserve, un sachet de soupe, du café en poudre, du chocolat et un chewing-gum mentholé ; couverts en bois et serviette en papier. Autre satisfaction, il a pu passer à l'hôtel de ville se faire traiter au DDT, histoire d'éradiquer puces et poux.

On retrouve les GI's à l'Imperial Hotel. Tout ce que l'on raconte sur cet hôtel est aussi vrai qu'invraisemblable. Construit pour rivaliser avec le Ritz de Paris, le Savoy de Londres et l'Astoria de New York, il existerait une piscine en sous-sol. Personne ne l'utilise. Le jour de son inauguration, le Tout-Tokyo était réuni à midi lorsque la terre se mit à trembler, force 7,9. C'était le fameux séisme du Kanto de 1923. Il épargna l'hôtel qui fut l'un des rares édifices à tenir debout avec le Tokyo Station Hotel. On compta entre 100 000 et 140 000 victimes qui périrent dans l'un des 136 incendies activés par un terrible typhon. On accusa les Coréens d'avoir allumé les feux. Ceux qui prononçaient le « G » ou « J » avec un accent furent livrés à la populace, battus, pourchassés et souvent tués.

L'Imperial Hotel est alors un des hôtels les plus modernes au monde : cent cinquante chambres avec salle de bains et téléphone, plus de quatre cents lits, une salle de réception pouvant accueillir plus de mille personnes, un théâtre de mille cinq cents places, un restaurant de cinq cents couverts, un jardin terrasse sur le toit et même un bureau de poste, une blanchisserie à l'occidentale, des ascenseurs et un système d'aération. Frank Llyod Wright, l'architecte, avait eu les pires difficultés du monde à stabiliser ce bâtiment immense, tant le sous-sol de Hibiya est instable, mou comme du tofu. C'est en voyant un livreur de nouilles de soba, dans le quartier de Yūrakuchō, qu'il trouva l'astuce. Ce dernier portait au-dessus de sa tête sa pile de petits paniers de cuisson d'une main et tendait les doigts en palmier, la paume large ouverte pour en conserver l'équilibre. Frank Llyod Wright avait quitté son épouse et ses six enfants pour s'enfuir avec une riche héritière. Deux ans plus tard, un domestique, en réaction à son licenciement, incendia la maison avant d'assassiner à coups de hache la famille entière.

En traversant le hall, Ryu croit reconnaître Mamechiyo. La jeune femme porte un manteau tout simple. Elle semble se rendre à un rendez-vous d'un pas décidé.

Mamechiyo a quitté discrètement l'okiya, prétextant des achats dans un quartier éloigné. Elle s'éloigne vers le secteur d'Akihabara. Elle se souviendra longtemps de cette journée, le tramway dans la chaleur et la poussière, un nouveau monde bruyant, pressé. Lorsqu'elle est suffisamment loin de l'okiya, elle descend. Cherche un modeste hôtel, en négocie le prix de la pension. Elle hérite d'une petite chambre au premier étage. Située près de la buanderie, elle est imprégnée d'odeurs de savon.

La fenêtre est large comme un grand cahier. Ses quatre petits carreaux donnent sur un mur gris et sale.

Le jour y tombe à regret, comme piégé. Il n'y délivre que des rayons maigres et désolés. La première chose que fait Mamechiyo est de dormir longuement pour effacer les journées précédentes, sa vie d'avant. Au début, elle est décontenancée de découvrir un oreiller souple et accueillant. Rien à voir avec l'appuie-tête en bois qui maintenait sa nuque et laissait sa coiffure intacte pour le lendemain. Ça fait tout drôle de tourner la tête sans arrière-pensée, sans crainte de se décoiffer dans les plis de la taie. Elle a du mal à trouver le sommeil. Puis il vient en début de soirée.

Au petit matin, elle inspecte son visage. Sent les arômes de la maison : thé, sciure, morue, feuilles de tabac… Découvre que ses pensées sont fraîches et vives. Elle fait une toilette de chat, avant de partir dans les rues. Sa première préoccupation est de se procurer de nouveaux vêtements. Elle hésite puis garde ses socques en bois.

Dans un premier temps, choisir la bonne boutique ressemble à une énigme. Chaque fois qu'elle s'apprête à franchir la porte, quelque chose la freine. Enfin, elle prend sa respiration, et entre dans un magasin de confection. La vendeuse est quelque peu déconcertée par cette jolie hangyoku venant acheter une robe ordinaire. C'est tout de même le monde à l'envers.

Tout de suite, elle se dirige vers une petite robe toute simple. Presque anodine avec des motifs de roses et de glycines sur fond vert clair, le vêtement remonte haut sur le cou, mais trouve sa grâce avec ses manches légèrement épaulées. La taille est soulignée par un léger cintrage qui ne nécessite aucune ceinture.

Mamechiyo se regarde dans la glace. Et s'adresse un de ses plus beaux sourires. Elle redécouvre un corps que la soie dans ses virages et ses entrelacs avait presque absorbé. Elle était jusqu'alors comme un délicieux poisson emprisonné dans une algue. Elle n'était qu'un présent.

Aujourd'hui, elle est étonnée de se découvrir femme. S'accepter en femme japonaise. Devenir moderne, fière et, qui sait, un peu mal élevée. Elle a du mal à accepter les formes que lui redonne cette robe. Mamechiyo est embarrassée de montrer ses bras, de laisser entrapercevoir le galbe de sa gorge, le dessin de ses hanches. Elle se souvient d'avoir eu le ventre comme un écrin, les épaules comme un autel.

À présent, tout change. Elle appartenait au monde irréel des saules et des fleurs. Elle revient sur terre. La vendeuse demande à quelle okiya elle doit adresser la facture.

— Pardon ?

— Oui, mademoiselle, je voudrais savoir à quelle okiya je dois…

— Ah non, merci, je règle moi-même.

— À quel nom ?

— Yuko... Yuko... euh... Fujimura.

Mamechiyo est presque étourdie par cette audace qu'elle n'a pu contrôler. La voici dans sa nouvelle vie sans même y penser.

Elle marche dans la rue avec un grand sac contenant son habit en murmurant pensivement : « Yuko Fujimura... Yuko Fujimura... »

Elle se promène en ville, le temps de mesurer que le monde a totalement changé. Avant, elle ne suscitait que révérences, regards baissés et stupeur respectueuse. Maintenant, elle marche comme tout le monde. Seules peuvent la distinguer d'une autre femme sa robe toute simple, les roses sur fond vert pâle. Parfois même, on la bouscule par mégarde. Des hommes la regardent effrontément, des femmes jaugent sa tenue. Elle est redescendue dans l'arène.

Mamechiyo passe une bonne partie de l'après-midi dans un parc à rêvasser, à regarder les passants. Seulement, cette fois-ci, elle est une jeune femme portée par la grâce, un souffle, certes, mais de féminité. Ses pieds ne pourront jamais oublier la façon de décomposer le pas en vingt-six mouvements distincts. Ce crachat dans la bouche fut ce geste que peut-être elle attendait, celui qui allait l'expulser de son univers.

Pour aller ailleurs, danseuse dans un dancing près de la gare de Shinagawa, vendeuse dans un magasin de Ginza, hôtesse dans un bar... Mamechiyo aspire aux lumières du jour, aux films de Hollywood, aux robes claires et aux pieds nus sur le bois. La voici ressuscitée, réinventée.

Sengo tsuyoku natta no wa; onna to stockin... «Depuis la guerre, deux choses sont plus résistantes : les femmes et les bas.»

Tokyo n'en finit pas de bouger ses lignes, la bande-son a changé : «Faites briller vos chaussures!» «Venez, have un drink!» Une jeep de militaires américains est garée le long du trottoir, les quatre GI's matent les femmes. La poussière tourbillonne. Tokyo a non seulement perdu la guerre, mais toute foi, toute morale. Elle est déjà épuisée, inflammable, surpeuplée, assassine. Mamechiyo compose avec ce monde effrayé par lui-même. De ses clients, elle a gardé un protecteur, propriétaire d'une conserverie de sardines. Il est riche, enrobé, une carnation adoucie et n'attend de Mamechiyo que prévenance et attention. Takagi-san veut boire. Takagi-san veut oublier Tsukiji[1], l'odeur du poisson qui imprègne ses mains, la violence de la mer. Takagi-san veut écouter les longs silences. Takagi-san veut laisser traîner son verre de saké sur les étagères en bois de santal rouge.

Mamechiyo a vite compris qu'il faut se débrouiller, sortir de cette nasse, prendre l'argent, se

1. Grand marché aux poissons.

nourrir, se dégager du tumulte. Un jour, elle croise sa mère dans un magasin de la ville. Elle la regarde comme glacée de stupeur, se surprend à ne rien dire, ne rien faire. Continuer son chemin.

Aujourd'hui, Mamechiyo retrouve Takagi-san à l'Imperial Hotel. L'endroit grouille de soldats américains, d'hommes d'affaires occidentaux. Le rituel est le même : sixième étage, porte 697. Elle porte un chemisier gentiane, fleurs de bambous, un parfum français éventé acheté au marché noir.

Ryu la suit dans le vaste hall. Elle appelle l'un des six ascenseurs rangés près de l'escalier en corolle. Son arrivée est ponctuée par une note musicale à trois tons. Elle s'engouffre dans la cabine, Ryu fait de même. Les portes se referment dans un glissement métallique. Puis la cabine s'élève dans une forêt de câbles. Tous deux se regardent. Un étrange calme s'installe. Ils ne disent rien. Ils sentent juste un sillage, un souffle.

Remerciements

Ce livre dormait profondément dans un tiroir depuis bientôt quatorze ans. Il était dans un drôle d'état, bancal, de guingois. Fatigué. Pourtant, il avait voyagé, découvert le Japon (merci, merci Kaori Endo) dans ses transversales, foulé les méridiens, connu de fabuleux parrains. D'abord Laurent Bonelli, l'enthousiasmant amoureux des livres et libraire (Virgin Megastore) qui m'encouragea ligne après ligne, me donnant une confiance sans nom. Il voyait ce livre sur les marches de son magasin des Champs-Élysées, lui prédisait un avenir du tonnerre. Sa disparition en 2006 à la suite d'un cancer foudroyant laissa ses amis stupéfaits et tellement malheureux. Kazuko Masui, grande dame de la gastronomie (elle aussi disparue, en 2018), porta un regard chaleureux sur ce livre : «J'y ai retrouvé le Tokyo de mon enfance», me dit-elle un beau jour. Ce livre leur est plus que dédié, c'est le leur. Je leur devais.

Le livre resta ainsi longtemps, longtemps à me regarder, à lanterner. Sans doute à sédimenter.

Ensuite, ce fut un enchaînement de mains secourables. À commencer par Guillaume Robert dont le constat de dégâts des eaux me laissa espérer qu'il y avait encore un peu d'espoir. Simonetta Greggio eut la bonne idée de me réconforter et de me confier le numéro de téléphone de Florence Sultan. C'est elle qui éplucha ce manuscrit empoussiéré, localisa les caillots, les rebuts, les impasses. Elle m'accorda sa confiance, son sourire protecteur et quelques mois pour remettre le livre sur pattes avant de le proposer à des maisons d'édition. Ce fut Plon. Ici, Sophie Charnavel et Caroline Lamoulie s'employèrent à faire briller la carrosserie, retirer les housses de plastique, vérifier les niveaux, avec l'aide de Junko Meguro. Ryoko Sekiguchi trouva quelque temps dans sa vie d'écrivain pour retirer les incongruités historiques : « Mais voyons, François, le litchi n'existait pas au Japon en 1949 ! » Merci à celles et à ceux qui ont sauvé ce livre tout au long de son cheminement.

Vivement la suite...

MIXTE
Papier issu de sources responsables
FSC® C003309
www.fsc.org

L'Éditeur de cet ouvrage s'engage pour la préservation de l'environnement et utilise du papier issu de forêts gérées de manière responsable.

Achevé d'imprimer en juillet 2019
dans les ateliers de Normandie Roto Impression s.a.s.
61250 Lonrai
N° d'impression : 1902734

Imprimé en France